OPEN
风 度 阅 读
书 传 递 灵 魂

人生到了最高的境界，就是淡忘，天人合一，人与物，融成一体。所谓"无为而治"其实也是这种理想的境界之一。这是一种很可爱的境界，所以写武侠小说的时候，就自然而然希望主角的武功，也是如此了。

金 庸 著

寻他千百度

黄子平 选编

中华书局

图书在版编目(CIP)数据

寻他千百度/金庸著;黄子平编选.—北京:中华书局,
2013.8
ISBN 978 - 7 - 101 - 09428 - 2

Ⅰ.寻… Ⅱ.①金…②黄… Ⅲ.散文集 - 中国 - 当代

Ⅳ.I267

中国版本图书馆 CIP 数据核字(2013)第 125600 号

简体字版底本由中华书局(香港)有限公司提供
〔香港散文典藏〕顾问 刘绍铭 陈万雄 主编 黄子平

书　　名　寻他千百度
著　　者　金　庸
编　　选　黄子平
责任编辑　焦雅君
出版发行　中华书局
　　　　　(北京市丰台区太平桥西里 38 号　100073)
　　　　　http://www.zhbc.com.cn
　　　　　E-mail:zhbc@zhbc.com.cn
印　　刷　北京瑞古冠中印刷厂
版　　次　2013 年 8 月北京第 1 版
　　　　　2013 年 8 月北京第 1 次印刷
规　　格　开本/880×1230 毫米　1/32
　　　　　印张 11¼　字数 160 千字
印　　数　1 - 20000 册
国际书号　ISBN 978 - 7 - 101 - 09428 - 2
定　　价　36.00 元

目 录

II 十八般"文"艺

附录

序——查大侠的独门剑法

黄子平

金庸以武侠小说名家,你说,其实他在"文学江湖"上,却是十八般"文"艺,样样了得。他写电影剧本,写影评,剧评,画评,乐评,舞评;他写游记,写围棋史话,文史札记;他写史论,考证之深与精令人惊叹。当年影响甚大的,实际推动了香港历史进程的,还有洞察时事的《明报》社评。

这些"文学概论"上细分的文体分类,在香港现代报刊史上,在我看来,不妨笼而统之,一概称为"专栏文章"可也。"专栏文章"者何?依主编查先生的定义,就是"天上地下，无所不谈"。譬如《三剑楼随笔》中，今天，金庸谈好莱坞电影《相思曲》如何媚俗，糟蹋了小说家凯恩（James Cain）的原著；明日，百剑堂主（陈凡）大聊顺德名菜；后天呢，梁羽生讨论变态心理。一些琐细的话题，被金庸拿来大做文章：陶渊明说"不为五斗米折腰"，这"五斗米"究竟所值几何呢？杭州月下老人庵里的卦签，又是典出何处？"无所不谈"甚至包括了数学：金庸援古引今谈圆周率（π），深入浅出，功夫很深，接着还考证出海宁陈家洛（《书剑恩仇录》）的世叔陈世仁，康熙时翰林，是有所成的数学家，所著《少广补遗》"发现了许多据说是前人从来没有谈过的公式。…… 一直研究到奇数偶数平方立方的级数和等问题"。"专栏文章"呈现了广博的中外视野和深厚的文史知识，你会说，在花果飘零的南国边陲，借由现代印刷媒体，正是这些斑驳的"散"文和"随"笔，保存和传承了新文化人的文化价值。

在"散"和"随"的剑花撩乱中，你也能定睛认出查大侠的本门剑法。琴棋书画，金庸写得最多的是"棋"。谈"各国的象棋",谈中日的围棋,最精彩的是"历史性的一局棋"。说的是二十二岁的吴清源与本因坊秀哉下了四个月的一盘棋:"吴清源先行,一下子就使一下怪招,落子在三三路。这是别人从来没用过的,后来被称为'鬼怪手'。秀哉大吃一惊,考虑再三,决用成法应付。下不多子,吴清源又来一记怪招,这次更怪了,是下在棋盘之中的'天元',数下怪招使秀哉伤透了脑筋,当即'叫停',暂挂免战牌。棋谱发表出去,围棋界群相耸动。"金庸解释了秀哉有权"叫停"而吴清源不能的规则后,写道:"这一局棋,其实是吴清源一个人力战本因坊派(当时称为"坊派")数十名高手。下到第一百四五十着时,局势已经大定,吴清源在左下方占了极大的一片,眼见秀哉已无能为力,他们会议开得更频繁了。第一百六十手是秀哉下,他忽然下了又凶悍又巧妙的一子,在吴清源的势力范围中侵进了一大块。最后结算,是秀哉胜了一子(两目),大家终于松了一口气。虽然胜得很没有面子,但本因坊的尊严终于勉强维持住了。"写到这里,还不算是地道金庸武侠笔法,你须得读他结尾处来了个"龙摆尾":"许多年后,曾有人问吴清源:'当时你已胜算在握,为什么终于负去?'(因为秀哉虽然出了巧妙的第一百六十手,但吴还是可以胜的。)吴笑笑说:'还是输的好。'"

金庸读史,特别关注历史人物的性格与身世,关注世道人心,到后来,则往往聚焦于民族冲突与民族融合这样的大关节。本来是要讲汉代"伏波将军"马援的威水事,笔锋一转,谈起了被马援镇压的两位女性敌手:"二徵王",说她们是"汉光武帝所执行的大国主义的牺牲者",因感叹道:"两个年轻女子领导的起义达成了这样的规模与声势,在一千九百多年以前固然是空前的事,直到今天,世界史上也还没出现过类似的例子。只可惜历史传下来的记录太少,不能令我们多知道一些这两姊妹的状貌、个性和言行。"熟读《天龙八部》的读者,晓得乔峰/萧峰的身份认同如何在胡汉之间兜兜转转,当能明白金庸的"民族立场"在这里的倏然翻转。

金庸的剧评兵分两路,一路谈京剧(《除三害》、《三岔口》、《十字坡》)，一路谈改编成电影的莎剧(《王子复仇记》、《奥赛罗》、《罗密欧与朱丽叶》)，各各精彩。尤其引人注意的是谈论电影《大白鲸无比敌》的文字，连续写了两篇。美国文学的经典名著，梅尔维的 *Moby Dick* 改编为电影，成绩平平。金庸说，电影拍出了"情节"，却没有拍出小说的"精神"。这"精神"就是船长亚海勃的灵魂，"是一个叛逆的灵魂，心灵的深度充满着憎恨与反抗"，由愤恨带来的疯狂导致最后的悲剧结局。金庸心有戚戚焉的是书中表达出来的那种愤世嫉俗的强烈呼声，接近疯狂的憎恨感与复仇欲，以及信仰迷失之后模棱两可的善恶观念。金迷们津津乐道的正是：四年多以后，"无比敌"成功转化为残暴的"金毛狮王"谢逊(《倚天屠龙记》)。这自是中西文学比较的上好题目了。

围绕"飞雪连天射白鹿，笑书神侠倚碧鸳"的"创作谈"，或序或跋，或索引史料，或剖析人物，或与读者们交流，在我看来，都是金庸散文的精华部分，不容错过。然而，一如金迷们不满于查大侠太早挂印封笔，不写武侠小说，对金庸的散文随笔，你也会感叹说写得太少了。他对历史、对人生、对文化的深切理解和博闻多识，与他形诸文字的篇幅有点不成比例。不过你也说，正因为少，才弥足珍贵，可堪典藏。

二〇一三年一月二十五日

I

天上地下，无所不谈

马援见汉光武

马援年轻时家里很穷，常对朋友们说："大丈夫的志气应是穷当益坚，老当益壮。"（"老当益壮"的成语就是他创出来的。）

后来他在西北经营游牧，发了财，叹息说："凡是经营产业，重要的是在能救济别人，否则不过是守钱虏罢了！"（"守钱虏"或"守财奴"的名字由此出。）于是把所赚的钱都送给穷朋友。后来听见甘肃的军阀隗嚣喜欢招聘人才，就去投奔。隗嚣很器重他，一切事情都和他商量。

那时天下大乱，群雄并起，汉光武刘秀在洛阳做皇帝，公孙述在四川做皇帝。隗嚣派马援做观察家，去瞧瞧这两位皇帝到底怎么样。马援和公孙述是同乡，一向感情很好，心想见到他时这位老朋友一定会很亲热，两人可以握手大谈往事。哪知公孙述极爱装腔作势，听见老友来到，他上殿升座，派大批侍卫两旁侍候，请他进来恭恭敬敬地交拜，说些客套话，演了一番仪式，然后请马援到贵宾招待所去休息，再令裁缝替马援缝制大礼服大礼帽，在宗庙里举行大会，召集文武百官举行正式见面礼。公孙述大摆仪仗，神气十足地赴会，对马援的礼貌十分周到，完全当他是最尊敬的贵客看待，礼毕之后就留他做官，要封他为侯爵，请他做大元帅。马援的随从们见这位皇帝如此相敬，都很愿意留下，马援却开导他们说："天下群雄正争斗得十分激烈，公孙述听到人才来到，不匆匆忙忙出来迎接，反而大搞一套无谓的礼节，弄得大家都像木偶一般，天下有才能的人是不会长久给这位仁兄用的。"于是告辞回去，对隗嚣说："公孙述不过是井底之蛙罢了，不如专心靠拢洛阳。"（"井底之蛙"典故出此。）

隗嚣于是派马援到洛阳去。马援到了之后，宦官引他进去，只见刘秀坐在宣德殿南边的廊下，只戴了一顶便帽，服装十分随便，就笑着起来迎接，道："你见到过两个皇帝，我穿得这样马虎，实在惭愧之至。"马援行礼之后说道："当今之世，不但君择臣，臣也要择君。我和公孙述是同乡，年轻时很要好。我到四川时，公孙述却在殿旁排列了执戟的卫队才命我进去。我这次远来，陛下怎么知道我不是刺客坏人，为什么这样随便？"刘秀笑道："你不是刺客，不过是说客罢了。"马援见这位皇帝既随和，又有幽默感，心中钦佩之至，道："现在天下大乱，称王称帝的人不知有多少，今日见你这样恢廓大度，就像汉高祖一样，才知只有陛下才是真的皇帝。"（"恢廓大度"这四字成语，就是这样出来的。）

马援回到甘肃后，隗嚣问他洛阳的情形。马援道："我到洛阳后，皇帝接见我共达数十次，每次谈话，常常从黄昏直谈到天明。他的才能见识，实在无人可比，而且坦白之极，什么话都说，性格随随便便，就像汉高祖那样。至于谈到学问的渊博，政治眼光的敏锐，那更是前世的皇帝所不及。"隗嚣道:"你瞧他与汉高祖相比谁强些?"马援道:"那他就不及了。高祖喜欢自由散漫,现在这位皇帝却爱守法,什么事都要讲究规矩,而且他又不喜欢饮酒。"隗嚣听他大捧刘秀,很不高兴,道:"照你这样说,那是他比高祖更强了!"

后来马援果然归顺了刘秀。隗嚣数次反复,终于为刘秀所灭。刘秀得到甘肃后,再灭掉公孙述,"得陇(甘肃)望蜀(四川)"的成语,就出于刘秀写给统兵灭隗嚣的岑彭的一封信中。

今日的情况当然与从前帝王的争天下完全不同,但做领袖的人如有风度有见识,自能使人一见钦佩,这在古今都是如此。

选自《三剑楼随笔》

写于一九五六年十月至一九五七年一月,其时已创作《书剑恩仇录》及《碧血剑》。

马援与二徵王

二徵王是汉光武帝所执行的大国主义的牺牲者。

二徵王是两姊妹，姊姊名叫徵侧，妹妹叫做徵贰，是当时交趾麓泠（音"糜零"，今河内附近）县人，她们的父亲是地方上的领袖。徵侧的丈夫叫做诗索，徵贰有没有嫁人就不知道了。交趾是西汉所建立的一郡，包括越南北部及广西南部的一部分土地。为什么叫做交趾呢？古书上有好几种解释：有的说，那地方的人睡觉时头部向外而足在内互相交叉；有的说，他们的大足趾叉得很开，双足并立时两个足趾相交；另有一说是趾即阯字，汉武帝北置朔方，南置交阯，是"交"为子孙福"阯"的意思。据我猜想，

7

这大概是当地人民称呼这地方的名字,"交趾"恐怕是译音。古书上的解释或许都是牵强附会。

这地方被汉朝征服后,皇帝派了交趾太守治理。《后汉书·南蛮列传》中说:"中国贪其珍赂,渐相侵侮,故率数岁一反。"这几句话说得很明白,这些地方物产丰富,中国人贪财而欺侮剥削他们,当地人民忍无可忍时,相隔数年总要爆发一次起义。《资治通鉴》上提到二徵王的起义只说:"……徵侧甚雄勇,交趾太守苏定以法绳之,徵侧忿怨。"这是光武帝建武十五年(公元三九年)的事。所谓"以法绳之",那必定是用汉族人的法律来欺侮他们了。到第二年春天二月,徵侧和她妹妹徵贰起义,南方各少数民族都起来响应,九真(今越南河内以南的清华一带)、日南(今越南顺化一带)、合浦(广东西南部接近越南一带)等地的六十五城都被她们克复,徵侧自立为王,以麓泠为国都。汉朝派去的大官们有的纷纷逃避,有的坚守几座城池不敢出来。

两个年轻女子领导的起义达成了这样的规模与声势,在一千九百多年以前固然是空前的事,直到今天,世界史上也还没出现过类似的例子。只可惜历史传下来的记录太少，不能令我们多知道一些这两姊妹的状貌、个性和言行。

二徵王起义两年，汉朝拿她们没有办法，直到建武十七年年底，汉光武才决定大举进攻。他知道少量的军队征服不了起义军，于是做了充分的准备工作，从湖南直到越南北部，造车、造船、建设桥梁、开辟道路、储备粮草，任命当时最能干的军人马援为伏波将军，副将是扶乐侯刘隆，大军南下。马援在建武十八年四月间从海道在越南登陆，从今日的河内一带到顺化，与徵侧大战。这时汉朝兵力强盛，二徵王打败了，逃到山地之中，第二年正月被马援军所害。（《水经注》说："徵侧走入金溪究，三岁乃得之。"时间有误。）

马援去打交趾时，知道事情凶险，曾与家人生诀。结果幸而得胜回来，有一个叫孟冀的人迎接他，慰劳他说这次辛苦了，马援很得意地道："男儿应当死在战场上，用马皮裹尸回来埋葬，哪能睡在床上由儿女送终！"（"马革裹尸"的成语就是这样出来的。）

马援这人很有才能，军事见解与皇帝特别投缘，讲故事的本领尤其好，据说他讲起故事来，从王子直到普通老百姓，个个爱听。他又有幽默感，常与皇帝说笑话，皇帝非常喜欢他。他不但打仗总是胜利，而且在经济上作了一些建议（如恢复五铢钱），皇帝采纳之后，对社会经济颇有好处。他眼光敏锐，判断准确，本来应当能善保其身，哪知终于死在一场征服战争之中，而且死后被皇帝削除封爵，妻子儿子不敢正式替他安葬，朋友们不敢去吊孝。到底为什么原因呢？说来与他的打越南有关。

在杀害了二徵王之后的七年，马援又去打湘西沅陵一带的苗族，因为水流湍急（那就是沈从文小说《边城》中爱上翠翠的大哥翻船而死的青龙滩一带），船不得上，天气又很热，军队中流行疫病，马援就病死了。皇帝派驸马梁松来调查；梁松与马援有仇，大说他坏话，以致皇帝大怒。原来马援在越南时，在万里外写信给他侄儿们，大大反对他们模仿一个出名的豪侠杜季良（"画虎不成反类犬"的成语出于他这信中），而梁松是杜季良的好友。皇帝知道这事后，曾将梁松痛骂一顿。

此外还有一个原因。马援在越南时，常吃薏苡，以辟瘴气。凯旋时他带了一车薏苡回来。他死后，有人向皇帝诬告，说他带回的是一车明珠犀角，所以皇帝的脾气就更加不可抑制了。

选自《三剑楼随笔》

郭子仪的故事

正在上映的晋剧舞台纪录片《打金枝》，讲的是唐代大将郭子仪之子郭暖与升平公主之间一场吵闹的喜剧。我想，这戏包括两个方面：夫妻互相应该平等亲爱，国家军政力量的团结不可被一些偶然的小事所破坏。

郭子仪死时，历史上评他一生道："天下以其身为安危者殆三十年。功盖天下而主不疑，位极人臣而众不疾，穷奢极欲而人不非之，年八十五而终。其将佐致大官、为名臣者甚众。"这几句评语突出地描绘了一个善于团结各种力量的巨人的形象：皇帝不疑忌他的大功，同僚们不厌恶他做大官，一般人并不反对他生活享受的过分；同时，他善于提拔与培养人材，所以他属下的干部有许多人都成为国家的重要官员。在历史上，郭子仪是许多人的理想，出将入相，既富贵亦寿考，"七子八婿，皆为朝廷显官"。据说他做寿那天，家人拜寿时把朝笏（朝见皇帝时捧在手中的那块板）放在床上，竟致堆满一床，可见家中大官之多。所以演出《打金枝》这剧目的京剧又叫做《富贵寿考》或《满床笏》。

用现在的历史观点看来，郭子仪仍旧是一个值得赞扬、值得钦佩的人。他在中华民族受外族围攻时保卫国家，收复被侵略者占领了的京都；他使人民免于被外族劫掠之苦，得到了相对的安居乐业。他在军事上与李光弼齐名，但他团结一切力量来保卫国家的光辉政略，却是李光弼所远远不及的（李光弼不是汉族人）。

郭子仪与李光弼同做中级军官时，据说两人感情很不好，虽然同桌吃饭，但只互相对望一眼，不说一句话。后来安禄山造反，皇帝命郭子仪做朔方节度使，李光弼成为他的部下。当时的节度使大致相当于战区司令长官兼行政长官，权力极大。李光弼很怕郭借故杀他，哪知郭反向皇帝极力举荐，皇帝就任李为河东节度使。郭子仪还分了部下一万名精兵给他。这种博大的胸襟和政治风度，真是一个巨人！（据杜牧写的一篇文章中说，郭子仪当节度使后，李光弼想逃走，还没决定，皇帝已下命令，要他领一部分郭的兵东征。他心想郭子仪这次一定放他不过了，于是对郭说："我死是心甘情愿的，只求你饶了我的妻儿。"郭子仪忙拉住他的手上堂对坐，道："现在国家大乱，哪里是计较私仇的时候！"当即分兵给他。两人相别时握手泣涕，相勉报国。）

郭子仪为人宽厚，待部下与士卒极好，李光弼却军令严肃，威猛善战。这两人代表着军人的两种美德。在临阵战斗上，似乎李光弼更为能干，几场大战打得光彩漂亮之极，但部下对他"畏"而对郭"感"。史书上不断提到军士们怎样盼望郭子仪来统率他们，如何"如子弟之望父兄"、"如天旱之望大雨"、"咸鼓舞涕泣，喜其来而悲其晚也"等等。

"郭子仪单骑退敌"是极有名的事，这件事固然表现了他的勇敢，但更重要的，是他孤立敌人、争取同盟的识见。代宗永泰元年十月（公元七六五年，升平公主就是在这一年五月嫁给郭暧的），回纥与吐蕃两大外族联军进攻泾阳，兵力强大之极，唐兵远远不及。郭子仪下令严守不战，他知道回纥与吐蕃内部颇有矛盾，于是命卫队长去见回纥。回纥人不信道："听说郭公已经死了，你骗人。要是真的在这里，我们见见可以吗？"卫队长回来报告，子仪道："目下众寡不敌，难以力胜。从前我和回纥颇有交情，不如挺身去说服他们。"部下主张选五百名铁骑兵作卫从，子仪道："这反而有害。"他儿子郭晞（子仪的第二子，最会打仗的一个，郭暧则是第六子，远不及哥哥本事）大惊，拉住他的马劝道："他们是虎狼，大人是国家大元帅，怎么可以把身体送入虎口！"子仪道："目下要是战，那么咱父子一定都得死，国家不免遭难。我以至诚的话去说服他们，如幸而见从，那是四海之福！否则，只牺牲我一个人，可以保全全体。"郭晞拉住马缰不放，子仪扬起马鞭，在他手上猛击一鞭，喝道："走开！"大开城门而出，命人高呼:"令公来啦!"回纥人大惊,大元帅弯弓搭箭,立在阵前。子仪脱下盔甲,抛下铁枪,缓缓纵马上前。回纥诸酋长相顾道:"不错,是他!"皆下马罗拜。子仪也下马,上前握住回纥元帅的手,责备他进军侵略。两人一番谈论之后,回纥元帅终于被他说服,并答应去打吐蕃兵。这时回纥兵两翼缓缓推进,子仪部下见状也疾忙上前,两军对圆。子仪挥手令部下退开,取酒与回纥酋长共饮。回纥人请他先发誓,子仪叫道:"大唐天子万岁!回纥可汗亦万岁!两国将相亦万岁!有负约者,身殒阵前,家族灭绝!"回纥元帅也照样发誓,两军大喜,齐呼万岁。吐蕃兵知道后连夜逃走。子仪与回纥合兵追逐,大胜了两仗。

这时局势本来危险异常,代宗已下令御驾亲征,京城戒严。由于郭子仪这个外交上的大胜利,大局才转危为安。

选自《三剑楼随笔》

顾梁汾赋"赎命词"

梁羽生兄在这随笔中连谈了三次纳兰容若，曾提到他救吴兆骞（汉槎）的事，这个故事说起来倒也有趣，不妨比较详细地谈谈。

吴兆骞是江苏吴江人，从小就很聪明，因之也颇为狂放骄傲。据笔记小说上说，他在私塾里念书时，见桌上有同学们除下来的帽子，常拿来小便。同学们报告老师，老师自然责问他，他的理由是："与其放在俗人头上，还不如拿来盛小便。"老师叹息说："这孩子将来必定会因名气大而惹祸！"这话说得很不错，在封建皇朝中，名气大正是惹祸的重要原因。

另一部笔记中还说到他的一件逸事：有一次他与几位朋友同出吴江县东门，路上忽对汪钝翁说："江东无我，卿当独秀！"（本为刘宋时袁淑语）旁人为之侧目。

　　吴兆骞虽然狂放，但颇有点才气，对朋友也很有热情。吴梅村把他与陈其年、彭古晋三人合称，名之为"江左三凤凰"。吴的诗风格遒劲，当时传诵的名句有"山空春雨白，江迥暮潮青"、"羌笛关山千里暮，江云鸿雁万家秋"等。他的诗集叫做《秋笳集》，袁枚《随园诗话》中说他原本七子而自出精神。

　　至于他所以获罪，是为了科场事件。顺治丁酉年，他去应考举人，考中了。后来发现这一场考试大有弊端，于是皇帝命考中的举人们复试一次。他学问和才气都很好，本来不成问题，但大概因为复试时气氛十分紧张，心理上大受影响，竟然不能把文章写完。结果被判充军宁古塔。这是一件株连极广、杀人甚众的科场大案。清人入关伊始，主要是借此大杀江南人士立威。吴兆骞完全冤枉，当时名士们都很同情他，写了许多诗词给他送行，吴梅村的《季子之歌》是其中最有名的。

他朋友无锡顾贞观（梁汾）当时与他齐名，他被充军时曾承诺必定全力营救，然而二十多年过去了，顺治换了康熙，一切努力始终无用。顾贞观自己也是郁郁不得意，在太傅纳兰明珠（容若的父亲）家当幕客，想起好友在寒冷偏塞之地受苦，于是寄了两阕词给他，那就是有名的两阕《金缕曲》。

第一首道："季子平安否？便归来，平生万事，那堪回首！行路悠悠谁慰藉？母老家贫子幼，记不起，从前杯酒。魑魅搏人应见惯，总输他，覆雨翻云手。冰与雪，周旋久。

痕莫滴牛衣透。数天涯，依然骨肉，几家能彀？比似红颜多薄命，更不如今还有。只绝塞，苦寒难受。廿载包胥承一诺，盼乌头马角终相救。置此札，君怀袖。"第二首道："我亦飘零久！十年来，深恩负尽，死生师友。宿昔齐名非忝窃，只看杜陵穷瘦，曾不减，夜郎僝僽。薄命长辞知己别，问人生到此凄凉否？千万恨，为兄剖。　兄生辛未吾丁丑。共些时，冰霜摧折，早衰蒲柳。词赋从今须少作，留取心魂相守。但愿得，河清人寿！归日急翻行戍稿，把空名料理传身后。言不尽，观顿首。"《白雨斋词话》评这两词说："二词纯以性情结撰而成。悲之深，慰之至，丁宁告戒，无一字不从肺腑流出，可以泣鬼神矣！"又道："两阕只如家常说话，而痛快淋漓，两人心迹，一一如见……千秋绝调也。"

纳兰容若见了这两首词后，不禁感动得流泪，认为古来怀念朋友的文学作品中，李陵与苏武的《河梁生别诗》，向秀怀念嵇康的《思旧赋》，与此鼎足而三。他知道这事不容易办，立誓要以十年的时间营救吴兆骞归来。当时也写了一阕《金缕曲》给顾梁汾，表示目前最大的努力目标只是救吴，这词结尾说："绝塞生还吴季子，算眼前此外皆闲事。知我者，梁汾耳！"不久就在适当的时机中去求他父亲设法。有一次太傅请客，他知道顾贞观素不喝酒，就斟了满满一大碗酒对他说："你饮干了，我就救汉槎。"顾贞观毫不踌躇地一饮而干。明珠笑道："我跟你开玩笑的，就算你不饮，难道我就不救他了么？"明珠出一点力，朋友们大家凑钱，终于把吴兆骞赎回来。当时的人把顾贞观的两阕词称为"赎命词"。一个名叫顾忠的人写诗记这事道:"金兰倘使无良友,关塞终当老健儿。"

现在看顾梁汾这两阕词,情思深切,的确感人极深,可见必须有深厚的情感,才会有优秀的文学作品。

选自《三剑楼随笔》

编按:梁羽生于《三剑楼随笔》所谈纳兰容若三篇,篇目分别为:《才华绝代纳兰词》、《翩翩浊世佳公子,富贵功名总等闲——再谈纳兰容若的词》、《纳兰容若的武艺》。

谈谜语

　　梁羽生兄曾在随笔中谈到印度的两大史诗（编按：
"世界最长的史诗"），这两部史诗累积了长期来无数人的
智慧，当然是珍贵无比的神话与文学。但除此之外，印度
还有许多篇幅相当长的神话，许地山先生所译的《二十夜
问》，就是其中之一，这书又名《红颜月》，意思说一个美
丽少女的脸慢慢绯红，表示她内心逐渐动情。故事简单说
来是这样：有一个英俊勇敢的国王名叫日爱，他最厌恶女
人，但有一次见到了一张女人的画像，就神魂颠倒地着了
迷。这女人名叫媚娘，美丽无比，天下不知有多少人向她
求婚。她有一个条件，要求婚者在二十一夜之内，每夜向

她提出一个问题，如果她回答不出，就嫁给他。所有的人都失败了，日爱王在十九个夜晚之中，提出的十九个难题都被她轻易地回答。媚娘简直是智慧的化身，任何难题都难不倒她。日爱苦恼之极，突然灵机一动，想到了一个她绝对回答不出的问题，媚娘就嫁给他了。你想得到这问题么？

原来问题是这样："从前有一个王爱上一个王女。那王女有约，谁能发一个使她不能回答的问题，便嫁给他。现在请告诉我，他应当向她发什么问题呢？"

全世界所有的问题中，只有这个问题才是她不能回答的，那美丽的少女愉快地表示答不出，并且说："其实，你想不到这问题也没关系，到了明晚最后一晚，你就是问我的名字叫什么，我也会假装回答不出。"因为她早已爱着他啦。

填字游戏所以这样风行，我想这与人们爱好猜谜有关。在派对里、在团体旅行与游戏的时候，我们常常提出些有趣的小问题来考问朋友，如：

"盘里有二十个苹果，分给二十个人，一个人一个，结果盘里还有一个苹果，怎么办？"

"因为第二十个人连盘一起拿去了。"

"两个人进来，一大一小，旁人问小的：这是你爸爸么？小的说是。又问大的：这是你儿子么？大的说不是。为什么？"

"因为这是他的女儿。"

我国的谜语千变万化，在农村中流行的有许多闪烁着很灿烂的智慧的光芒，有一种体裁是"流水谜"，猜了一个又一个，有些是押韵的对唱，形式很是活泼新鲜。我曾学习这种民歌式的体裁，替影片《小鸽子姑娘》写了一个"猜谜歌"，在一连串出题、猜谜、反出题的进程中，同时透露内心的爱情。这次为劳校的义演中，长城歌咏团曾练了想表演，后来因为时间局促，练习时间不够，没有演出。即将上演的影片《鸾凤和鸣》中，也有一个猜谜歌，那是石慧洗澡时唱的。该片的编导袁仰安先生和我谈起这个歌时，说因为是在洗澡时唱，决不可有丝毫"香艳"，我一时动不出脑筋，后来忽然想到小时候姑母给我猜的一个谜语："什么东西愈洗愈脏？"答案是："水。"于是再加了两段，愈揩愈湿的毛巾和愈洗愈小的肥皂，再加上一点点牺牲自己使别人美好的意义。歌作得并不好，意思倒似乎还不错，因为"愈洗愈脏"这个巧妙的意念，不知是多少年前哪一个地方哪一位聪明的人想出来的。

我国有许许多多好的谜语，例子举不胜举。且看下面这一首曲子："灯儿下金钱卜落，这苦心——谁知道？到春来人日俱抛，欲罢何日能了？吾心正焦，有口向谁告？好相交，有上梢来没下梢。既皂白难留，少不得中间分一刀！从今休把仇人靠；千思万想，不如撇去了好！"这明明是一首怨念情人的小曲，哪知中间包藏着从一到十的十个数目字。

欧美人用拼音文字，字谜就远不如我国的巧妙，英文中的字谜大抵在"同音"与"双义"两点上着眼。前者如："王老五为什么总是对的？答：因为他始终找不到小姐（never miss taken，音同 never mistaken 从来不错）。"后者如："律师为什么如同啄木鸟？答：因为他们的 Bill 都很长（Bill 既有账单的意思，也有鸟嘴的意思）。"还有一个开律师玩笑的谜语："为什么律师像失眠者？答：因为他们都是这边 lie 一下，翻过来那边又 lie 一下（在英文中，lie 这字既是睡卧，又是说谎）。"

还有一种英文谜语是讲字形的，如：英文中最长的字是什么？答：Smiles，因为头尾两个字母之间，竟有一 Mile（哩）。在争辩中，S 这字母为什么极为危险？因为它能把语音（Word）变成刀剑（S-word）。排列字母时，为什么 B 要在 C 之前？因为一个人要先"存在"（Be），才能"看见"（See）等等。

比起中国字谜来，这种谜语实在太浅了。杜甫有一句名句"无边落木萧萧下"，以这句诗作谜面打一个字，答案是"曰"。因为在六朝时，东晋之后是宋齐梁陈，齐梁的皇帝都姓萧，萧萧之下是陈，陈（陳）再无边和落

"木"，变成一个"曰"字。这种谜语，真是有点匪夷所思了。

选自《三剑楼随笔》

编按：《二十夜问》，据贝恩编译的《印度故事集》（*The Stories of India*. F.W. Bain）第一卷译，一九五五年一月第一版，作家出版社出版。

也谈对联

百剑堂主在《吟诗作对之类》一文中提到了杭州的两副对联，因为我是杭州人，他问我在杭州的无数对联之中，对哪几联印象最深。我首先想到的，是月下老人祠那一联："愿天下有情人，都成为眷属；是前生注定事，莫错过姻缘。"这联的上联原出《续西厢》，金圣叹批《续西厢》从头骂到底，只对最后这两句赞赏备至。我想这一联人人看了都会高兴，文辞亦佳（月下老人祠有签词九十九条，全部引自经书诗文，雅俗与此间黄大仙签词不可同日而语）。还有阮元为杭州贡院所撰的那一联："下笔千言，正槐子黄时，桂花香里；出门一笑，看西湖月满，东浙潮来。"这联我是在小时候记得的，以后每次学校大考或升学考试，紧张一番而缴卷出场时，心头轻松之余总会想到它。

百剑堂主所提到岳坟前"青山有幸埋忠骨，白铁无辜铸佞臣"那一联，出自一个姓徐的女子手笔（陆放翁有"青山是处可埋骨，白发向人羞折腰"联，亦颇见风骨）。抗战时我在重庆念书，那时国民党政府时时有向日本求和之想，有些御用教授们就经常宣传"岳飞不懂政治，秦桧能顾大局"的思想。有一次陶希圣到学校里演讲，语气间又宣传这套理论，我们一些同学们听得很气愤，在他第二次演讲之前，先在黑板上写了"青山白铁"这副对联，他见了心里有数，就不再提这个话题了。

旧时家中有一小轩，是祖父与客人弈棋处，轩里挂了一副对联："人心无算处，国手有输时。"当时不懂当中妙处，现在想来，这里面实在颇有哲理。

百剑堂主曾撰一联："偏多热血偏多骨，不悔情真不悔痴。"我见了很喜欢，他用宣纸给我写好，请荷里活道某店裱起，挂在斗室之中，不觉雅气骤增。

我写《书剑恩仇录》、《碧血剑》，回目全不考究，信手挥写，不去调叶平仄，所以称不上对联，只是一个题目而已。梁羽生兄甚称赏我"盈盈红烛三生约，霍霍青霜万里行"两句（上句写徐天宏与周绮婚事，下句写李沅芷仗剑追赶余鱼同），但比之百剑堂主的每回皆工，那是颇为不及了。

前几天《大公园》中登载文怀沙先生一篇《韩愈与贾岛》的文章，认为"鸟宿池边树，僧敲月下门"两句中，敲字确比推字好，因为这有"鸟鸣山更幽"的意境。"鸟鸣山更幽"本来是宋王籍的诗。《梦溪笔谈》中说：古人诗有"风定花犹落"一句，素来认为无人能对，王安石用"鸟鸣山更幽"来对。王籍原联是"蝉噪林愈静，鸟鸣山更幽"，两句意思一样，王安石这一联集对却是上句静中有动，下句动中有静，比原句更工。

旧诗律诗中必有对偶，所以好对不胜枚举，古人因对成妙对而发达做官的事，笔记小说中也记载得很多。如宋时宰相词人晏元献有"无可奈何花落去"一句，数年不能得到好对，一天晚上与一个小官王琪一起散步，谈起这事，王应声道："似曾相识燕归来。"晏大为赏识，从此王琪做官就一帆风顺了。

我从前在江南故乡时很爱听说书，在听说《三笑》时就曾听到许多妙对。唱弹词的人说文徵明在追求爱人时，那位小姐出对道："因荷（何）而得藕（偶）？"文徵明对道："有杏（幸）不须梅（媒）！"于是好事得谐。又据说金圣叹被杀头时他儿子吟道："莲（连）子心中苦。"金老先生对曰："梨（离）儿腹内酸！"两对一喜一悲，虽都未必真有其事，但对偶双关，确不容易。

对对子既要工，又要快，不比其他文章可以慢慢琢磨。有一本笔记中记载一个故事：陆文量在浙江做官，有一天与管教育事务的陈震一起饮酒，见陈是个光头佬，就出对嘲他："陈教授数茎头发，无计（髻）可施。"陈震立即对道："陆大人满脸髭髯，何须（鬚）如此。"以成语对成语，很有本事，陆大为叹赏，笑道："两猿截木山中，这猴子也会对锯（句）。"陈震笑道："我也要不客气了，幸勿见怪。"

于是对道："匹马陷身泥内，此畜生怎得出蹄（题）？"两人抚掌大笑竟日。

据说从前有个人名叫李廷彦，曾献百韵诗给一位大官，中间有一对云："舍弟江南殁，家兄塞北亡。"那位大官看了很同情他，道："想不到你家里竟接连遭到不幸。"李廷彦忙道："实无此事，那是为了对仗工整才这样写的。"作对至此，可说形式主义到了极点。

选自《三剑楼随笔》

月下老人祠的签词

　　杭州有座月下老人祠，那是在白云庵旁，祠堂极小，但为风雅之士与情侣们所必到，可惜战时被炮火夷为平地，战后虽然重建，情调却已与以前大不相同。杭州正在大举进行园林建设，我想，这所司天下男女姻缘的庙宇，实在大有很精致地修建它一下的必要。

　　月下老人的典故出于《续幽怪录》，据说唐时有个名叫韦固的人，有一次经过宋城，看见一位老伯伯在月光下翻书，这位老伯伯说天下男女的姻缘都登记在他的簿子上，他的囊中有无数红色的绳子，只要这绳儿把男女两人的脚缚住了，就算两人远隔万里，或者是对头冤家，都会结成夫妻，所以后来有"赤绳系足"的典故。西洋人的办法却比我们鲁莽得多，他们有一个丘比特，这是一个顽皮的小孩（有时甚至是盲目的），拿着弓箭向人乱射，哪一对男女被他一箭射中，就无可奈何地堕入情网。相较之下，我们的月下老人用一根红线温柔地替人缚住，还有簿籍可资稽考，显然是文明得多了。月下老人的故事流传全国，然而除了杭州之外，其他地方很少听见有这位"天下婚姻总管理处处长"的庙堂，那倒是很奇怪的。

以前，常常可以见到一对对脸红红的情侣们，尽管穿了西装旗袍，都会在祠堂中虔诚地拜倒，求一张签，瞧瞧两人的爱情能不能永远美满。

杭州月下老人的签词恐怕是全国任何庙宇所不及的，不但风雅，而且幽默，全部集自经书和著名的诗文，据说其中五十五条是俞曲园所集，此外四十四条是俞的门人所增，一共是九十九条。我旧日家中有一个抄本，不知是哪一位伯伯去抄来的，我还记得一些，但九十九条自然是记不全了。

第一条是"关关雎鸠,在河之洲,窈窕淑女,君子好逑",这是理所当然的。此外兆头吉利的有"永老无别离,万古常团聚"、"愿天下有情人,都成眷属"、"落霞与孤鹜齐飞,秋水共长天一色"、"可以托六尺之孤,可以寄百里之命"(原来是曾子的话,这里当指这男子很靠得住,可以嫁)等等。求签而得到这些,那自是心中窃喜,无法形容了。

有一条是"逾东家墙而搂其处子则得妻,不搂则不得妻",《孟子》这两句话,本是反语,但这里变成了鼓励男子去大胆追求。有一条是《诗经·鄘风·桑中》的三句:"期我乎桑中,要我乎上宫,送我乎淇之上矣。"这在《诗经》中原本是最著名的大胆之作,所谓"桑间濮上"的男女幽期密约,这一签当也是鼓励情人放胆进行。"求则得之,舍则失之"、"不愧于天,不畏于人",这两签都含有强烈的鼓励性:追呀,追呀,怕什么?

还有一些签文含有规劝和指示,如"德者本也,财者末也",叫人不要为钱而结婚。如"斯是陋室,惟吾德馨",指此人虽穷,人品却好,可以嫁得。如"不有祝鮀之佞,而有宋朝之美"，照《论语》中原来的解释，是这男人嘴头甜甜的会讨人喜欢，相貌又漂亮，然而是头色狼，绝对靠不住。"可妻也"，这句话也出自《论语》，孔夫子说公冶长虽然被关进了牢狱，但他是冤枉的，结果还是招了他做女婿。"仍旧贯，如之何？何必改作"，这句本来是闵子骞的话，这里大概是说，别三心二意了，还是追求你那旧情人吧。另一条签词中引用孔子的话，恰恰与之相反："后生可畏，焉知来者之不如今也"；好的人有的是，你哪里知道将来的没有现在的好？这个人放弃了算啦。这大概是安慰失恋者的口吻吧。"故好而知其恶，恶而知其美者"；你爱他，要了解他的缺点，你恨他，也得想到他的好处。"其所厚者薄，其所薄者厚"；她虽然对小王很亲热，对你很冷淡，其实她内心真正爱的却是你呢。"其孰从而求之？甚矣，人之好怪也"；这家伙有什么地方值得你这么颠倒呢？唉，连这种丑八怪也要！

另外一些签条是悲剧性的。"谁谓荼苦，其甘如荠。宴尔新婚，如兄如弟。"照余冠英的译法是："谁说那苦菜味

36

儿太苦，比起我的苦就是甜荠。瞧你们新婚如胶似漆，那亲哥亲妹也不能比。"有一签是"斯人也，而有斯疾也，斯人也，而有斯疾也"，虽不一定如孔子的弟子冉伯牛那样患上了麻疯病，但总之此人是大有毛病。"则父母国人皆贱之"、"两世一身，形单影只"（出韩愈《祭十二郎文》）、"条其啸矣，遇人之不淑矣"（出《诗经·王风·中谷有蓷》），这些签都是令人很沮丧的。

"风弄竹声，只道金佩响，月移花影，疑是玉人来"，那是《西厢记》中张生空等半夜，结果被崔莺莺教训一顿。"夜静冰寒鱼不饵，满船空载月明归"，那是《琵琶记》中蔡伯喈不顾父母饿死，被人痛斥。求到这些签文的人，只怕有点儿自作多情。最令王老五啼笑皆非的，大概是求到这一签了："或十年，或七八年，或五六年，或三四年！"

选自《三剑楼随笔》

民歌中的讥刺

　　百剑堂主曾在一篇随笔中谈到民歌的爱情题材（编按：《不爱白脸假斯文》）。的确，从民歌集子中所看到的，差不多百分之九十以上是谈情说爱的作品。抗战时我曾在湘西住过两年，那地方就是沈从文《边城》这部小说中翠翠的故乡，当地汉人苗人没一个不会唱歌，几乎没一个不是出口成歌的歌手，对于他们，唱歌就是言语的一部分。冬天的晚上，我和他们一齐围着从地下挖起来的大树根烤火，一面从火堆里捡起烤熟了的红薯吃，一面听他们你歌我和地唱着，我就用铅笔一首首地记录下来，一共记了厚厚的三大册，总数有一千余首。这些歌中谈情的数量固然最多，但也颇有相当数量的歌曲是诅咒当时政治的。然而在一般印行的民歌集子中，却很难看到这些东西，那当然是因为怕犯当政者之所忌的关系，现在，我们只能在各种史书和笔记中零零碎碎地看到一些这一类的歌谣，但数量仍还不少。

《史记·外戚世家》中记载了一首民歌："生男无喜，生女无怒，独不见卫子夫霸天下？"卫子夫是汉武帝的皇后，她一门亲戚个个声势显赫，人民瞧了很不顺眼，就作了这个歌。后来唐代白居易在《长恨歌》中"遂令天下父母心，不重生男重生女"，说的是杨贵妃一家的威风，想来当时人民也有类似的冷嘲的说法。

史书上记载讥刺官吏无能的歌谣，每一代都有，下面举几个例子：

"何以孝悌为？财多而光荣。何以礼义为？史书而仕宦。何以谨慎为？勇猛而临官。"这是汉武帝时的民歌。

"举秀才，不知书。察孝廉，父别居。寒素清白，浊如泥；高第良将，怯如鸡。"（《抱朴子·审举篇》）这首歌说的是汉末选举的情形，当时被举为秀才的人，连字也不大识，所谓孝廉的人，却不能好好奉养父母。出身寒素号称清白的，其实十分污秽，而出身高门大族的良将，竟是胆怯之至。

"古人欲达，勤诵经。今世图官，勉治生。"这也是汉末的歌，含意颇为幽默，只要先发财，就可升官了。

"纸糊三阁老，泥塑六尚书！"这是《明史》中所载描写成化年间中央政府的民歌。

到了明嘉靖年间，政治更加腐败，北京城里到处传唱"十可笑"歌。所谓"十可笑"是这十种："光禄寺，茶汤；太医院，药方；神乐观，祈禳；武库司，刀枪；营缮司，作场；养济院，衣粮；教坊司，婆娘；都察院，宪纲；国子监，学堂；翰林院，文章。"妓院里的妓女很可笑倒还没什么关系，兵工总署的刀枪、教育部办的学堂都很可笑，那就大有问题了。当时朝廷听到这歌后大发脾气，下令东厂（明代著名的特务机关，东厂的遗址现在已改为科学院）严查，结果抓到传唱的席瑶等十余人。当政的张桂要将这十余人处斩，后来刑部尚书胡世宁认为处罚太重，改为打一顿屁股而充军。（见《坚瓠集》）

大家知道严嵩是明代的大奸臣，当时也有一首民歌刺他道："可笑严介溪，金银如山积，刀锯信手施（说他随意杀人）。尝将冷眼观螃蟹，看你横行到几时。"直到今天，我们提到螃蟹时，还常常会想到"看你横行到几时"这一句话。

其他如："知县是扫帚，太守是畚斗，布政是叉袋口，都将去京里抖！"（见《濯缨亭笔记》，比喻大小官吏拼命搜刮，拿到京里贿赂上司。）又如："奉使来时，惊天动地；奉使去时，乌天黑地；官吏都欢天喜地，百姓却啼天哭地！"（见《辍耕录》，刺元代奉使的为害民间）等等，数量极多。

近代类似的民歌也很多，我想每位读者都能随口念出几首。这些讥刺政治的民歌一般都很沉痛，但其中总也带着几分幽默，这是一个特点。

选自《三剑楼随笔》

书的"续集"

最近收到了好几封读者的来信，询问有一部叫做《天池怪侠》的书，是不是我的作品。虽说是提出询问，其实他们在信中都已表示知道了答案，知道这是别人冒名之作。因为虽然天池怪侠是《书剑恩仇录》中一个重要人物，虽然这部书中也有陈家洛、霍青桐、无尘、李沅芷、常氏双侠、赵半山等等人物，虽然它是从《书剑》结束的地方开始而封面上也署了我的名字，然而文字的风格毕竟是完全不同的。有一位读者寄了几本这种书给我，我见书里的乾隆皇帝自称"孤王"、李沅芷自称"妾"、一个什么老侠自称"老身"，每个人都似乎在唱戏，实在觉得相当有趣。

给小说或戏剧写续集，这种兴趣似乎是十分普遍的。不一定是好的作品才有人写续集，平庸的无聊的作品，也会有人兴致勃勃地提笔续下去。美国片《阿飞舞》难道是一部好影片么？《黑湖妖》难道有任何价值么？然而毕竟还是有《阿飞舞续集》和《黑湖妖续集》。

在我国旧小说中，《济公传》的续集恐怕数量最多，然而《济公传》写得实在并不精彩。《七侠五义》之后有《小五义》和《续小五义》，《今古奇观》之后有《续今古奇观》，这都是比较流行的，但我一直看到了《九续小五义》和《五续今古奇观》，除了胡闹与无聊，这些续书中再也找不到什么别的。当时我就觉得很奇怪，既有兴致写作，为什么不另外写一部小说呢？续集已是这样差了，怎么还能不断地续下去？

谈到续书的种类，大约以《红楼梦》为最多了，现在流行的一百二十回本，后四十回就是高鹗续的。在所有的续书中，恐怕也是高鹗的最为精彩，虽然他对礼法与封建制度的看法，远不及曹雪芹的富于反抗精神，然而他终于继承了原作的悲剧结构。如"候芳魂五儿承错爱"等几段，细腻生动，可以直追原作。此外的续书，如《红楼圆梦》、《红楼后梦》、《续红楼梦》等等，却无一不是糟极谬极，有的说贾宝玉魂游地府，把林黛玉等救活，一个人娶了八个妻妾（除林薛外，还有袭人、晴雯、紫鹃、芳官等）；有的说贾宝玉的儿子贾桂（所谓"兰桂齐芳"，兰是贾兰）出将入相、富贵荣华。我看到的红楼续书大约共有八九种，据说总数有十余种之多。

《水浒》的续集自以陈忱的《水浒后传》最佳，书中叙述李俊到海外为王，发扬梁山的英雄事业，但文笔气度，也已远远不及施耐庵。俞仲华的《荡寇志》除前面陈丽卿摆布高衙内一段之外，其余全不足取。

《三国演义》因为已写到司马炎统一天下，实在无可再续，但还是有人写《反三国》，为蜀国扬眉吐气，灭魏灭吴，然而因为一则违反历史事实，二则写得莫名其妙，这书并不流行。

故意与原作相反的翻案作品，一般说来也是续书，主要只是结局相反。反《西厢记》的《东厢记》（清杨世漋作）写得很差；《锦西厢》（周公鲁作）比较好些，情节很复杂，然而可笑的地方也很多，有一节写张君瑞别了莺莺去赴考，主考官是白居易，出题"月明三五夜"，张君瑞就写了崔莺莺那首"隔墙花影动，疑是玉人来"缴卷，结果当然落第等等。反《琵琶记》的有《后琵琶》，在这书里描写了蔡中郎之死，曹操则变成了好人，去赎回蔡文姬等等。《桃花扇》结局是侯朝宗与李香君出家修行，而《南桃花扇》（顾彩作）则写两人白头偕老。据历史记载，侯朝宗似乎并未出家，顾彩这部作品倒颇有事实根据，但因为才力不及，所以读来也无意味。

　　随便想一下，旧小说和戏曲中有续书的，实在举不胜举。《说唐》之后，从《罗通扫北》、《薛仁贵征东》、《薛丁山征西》，一直续到《薛刚反唐》；《杨家将》从杨老令公续到杨六郎、杨宗保、杨文广，实在续不下去了，于是又来《狄青平西》、《五虎平南》。《西游记》则有《西游补》（董说作）。《西游记》是好书，《说唐》的文学价值就低了，

《杨家将》更低，但不论好坏，总有人援笔而续。既然《书剑》用的是旧小说体裁，尽管内容毫不足道，但出现续集倒也是合于传统的事，只是在封面上署了我的名字，那位作者似乎是过谦了。

选自《三剑楼随笔》

46

圣诞节杂感

是圣诞夜，圣约翰教堂的钟声和风琴声在寂静的夜里远远传来，望着红红的烛光，想起了许多十分亲切的人，在东北的弟弟，在印尼的朋友……。这对蜡烛真美，是在一个花纹刻得非常精致的模子中烧出来的，一位远在北方的朋友巴巴地托人带来给我，真是舍不得点，每年圣诞夜点它一寸，就珍重地收起来吧。

我不是基督教徒，但对这个节日从小就有好感，有糖果蛋糕吃，又能得到礼物，那总是一件美事。在中学读书时，爸爸曾在圣诞节给了一本狄更斯（Charles Dickens）的《圣诞述异》（*A Christmas Carol*）给我。这是一本极平常的小书，任何西书店中都能买到，但一直到现在，每当圣诞节到来的时候，我总去翻来读几段。我一年比一年更能了解，这是一个伟大温厚的心灵所写的一本伟大的书。

故事的主角是一个伦敦的守财奴史克鲁奇，他对任何人都没有好感，对所用的雇员异常刻薄。一年圣诞节晚上，一个已死合伙人的鬼魂来拜访他，说将有三个圣诞节的精灵来带他出去游历。到了约定的时间，精灵们果然来了。第一个是"过去的圣诞精灵"，带着史克鲁奇回到他出生的地方，让他看到他小时是怎样的孤独，看到他亲爱的妹妹，看到他自己怎样爱钱胜于爱他的未婚妻而使爱情破裂。第二个是"现在的圣诞精灵"，带他看到人们怎样互相亲爱、怎样在贫穷之中开开心心地欢度圣诞。第三个是"将来的圣诞精灵"，带他看到在将来的一个圣诞节中，他孤零零地死了，没有一个朋友一个亲人来关心他。这些事情融化了史克鲁奇那僵硬的冰冷的心，使他变成为一个亲切温暖的人。

狄更斯每一段短短的描写，都强烈地令人激动，使你不自禁的会眼眶中充满了眼泪。英国人曾根据这小说拍过一部影片，但拍成干巴巴的没有什么感情。其实，这本薄薄的小说中充满了多少矛盾和戏剧，多少欢笑和泪水呀！兄妹之爱、男女之爱、父子之爱、朋友之爱，在这个佳节中特别深厚地表现出来。

但奥·亨利（O. Henry）那个短篇《圣诞礼物》（*The Gift of the Magi*），在美国片《锦绣人生》（*O. Henry's Full House*）中却由花利·格兰加（Farley Granger）和珍妮·奇莲（Jeanne Crain）演得相当动人。丈夫卖了他宝爱的表来买一个送给妻子的发钗，妻子卖了她最感到骄傲的秀发来买一个送给丈夫的表链。一对贫穷夫妻的爱情，真难写得更好了。

我曾译过美国短篇小说家丹蒙·伦扬的那篇《圣诞老人》。故事是说一个善心的强盗劫了一批珠宝，去放在他爱人老祖母的圣诞袜子里。这位老太太快要死了，她一生相信圣诞老人会在她的袜子里装进些礼物，在临终之前，这愿望终于达到了。这个强盗由于穿了圣诞老人的服装，埋伏着要打死他的敌党竟然没有认出他来，因而逃得了性命。这是一篇惊险而滑稽的故事，但在人物的内心，蕴藏着善良和温柔。

我们生活在这个十分重视金钱和物质的社会里，友情和善意常常被利害关系和钞票的数字所破坏。许许多多人一早起床就陪着算盘、计算机、收银机、红色绿色的钞票；许许多多人觉得世界上最重要的是马票头奖。新年是很好的节日，但人们总是爱把"恭喜发财"和它联系在一起，红封包里包着的是"利是"，买花来插是图吉利，是为了卜占发财的兆头。发财当然不坏，金钱和物质也决不能轻视，但总得有一个日子，让个个人多想到一些亲谊和友情，少计算一些利害和金钱吧！中国人的"中秋节"是这样一个可爱的节日，这是"团圆"和"月饼"；"清明"和"重阳"也是可爱的节日，大家想看那些已经逝去了的亲友，这是"旅行"和"纪念"。外国人的圣诞节也是这样的节日，大家互相赠送美丽的卡片和礼物，整个社会浸沉在一种温暖喜悦的气氛之中。

圣诞节这天在古罗马时本是庆祝丰收的节日，后来才由基督教徒加上了宗教的意义，其实它并不是耶稣诞生的日子。如果大家当它是象征和平的日子，我想，即使是伊斯兰教徒、佛教徒以及无神论者，都可以在这天快快乐乐地过一个佳节。

选自《三剑楼随笔》

钱学森夫妇的文章

十年之前的秋天，那时我在杭州。表姊蒋英从上海到杭州来，这天是杭州笕桥国民党空军军官学校一班毕业生举行毕业礼，那个姓胡的教育长邀她在晚会中表演独唱，我也去了笕桥。

蒋英是军事学家蒋百里先生的女儿，当时国民党军人有许多是蒋百里先生的学生，所以在航空学校里，听到许多高级军官叫她为"师妹"。那晚她唱了很多歌，记得有《卡门》、《曼侬·郎摄戈》等歌剧中的曲子。不是捧自己亲戚的场，我觉得她的歌声实在精彩之极。她是在比利时与法国学的歌，曾在瑞士得过国际歌唱比赛的首奖，因为她在国外的日子多，所以在本国反而没有什么名气。她的歌唱音量很大，一发音声震屋瓦，完全是在歌剧院中唱大歌剧的派头，这在我国女高音中确是极为少有的。

她后来与我国著名的火箭学家钱学森结婚。当钱学森从美国回内地经过香港时，有些报上登了他们的照片。比之十年前，蒋英是胖了好多，我想她的音量一定更加大了。

最近在内地的报纸上看到他们夫妇合写的一篇文章，题目是《对发展音乐事业的一些意见》，署名是蒋英在前而钱学森在后。我想这倒不一定是"女人第一"的关系，因为音乐究竟是蒋英的专长。

这篇文章中谈的是怎样吸收西洋音乐的长处，和怎样继承我国民族音乐遗产的问题。他们认为我国固有的音乐有很多好处，例如横笛的表演能力，就远胜西洋的横笛（西洋横笛用机械化的键，不直接用手按孔，所以不能吹滑音），但西洋音乐也有很多优点，要学习人家的长处，就必须先达到西洋音乐的世界水平。目前，我们离这水平还很远。

他们觉得目前对民族音乐重视不够，像古琴的演奏就大有后继无人的危险。我国歌剧的歌唱法与外国歌剧是完全不同的，而我们对所谓"土嗓子"的唱法还没有好好地加以研究。

火箭学家对数学当然很有兴趣，所以这篇文章有很多统计数字。他们假定，一个人平均每四个星期听一次音乐节目（歌剧、管弦乐、器乐或声乐）决不算多，假如每个演员每星期演出三次，每次演奏包括所有的演奏者在内平均二十人，每次演出听众平均二千人，我国城市里的人口约为一亿人。火箭学家一拉算尺，算出来为了供给这一亿人的音乐生活，需要有八万三千位音乐演奏者。再估计每个演奏者的平均演出期间为三十五年，那么每年音乐学校就必须毕业出二千三百八十六人来代替退休的老艺人。再把乡村人口包括在内，每年至少得有五千名音乐学校的毕业生。如果学习的平均年限假定为六年，那么在校的音乐学生就得有三万人以上。假定一个音乐老师带十个学生，就得有三千位音乐教师。他们认为这是一个最低限度的要求，但目前具体的情况与这目标相差甚远。他们谈到最近举行的第一届全国音乐周，认为一般说来还只是业余的音乐水平。

这对科学家夫妇又用科学来相比："业余音乐是重要的，但正如谁也不会想把一国的科学技术发展寄托在业余科学家们身上一样，要发展我国的音乐事业也不能靠一些业余音乐家们。"

我觉得这篇文章很有趣味，正如他们这对夫妻是科学家与艺术家结合一样，这篇文章中也包括了科学与艺术。

在自然科学、艺术（西洋部分）、体育等方面，我国过去一切落后。现在，在自然科学上，有钱学森、华罗庚等等出来了；体育上，有陈镜开、穆祥雄、张鋐等等出来了；音乐上，现在还只有一个傅聪。艺术人才的培养确是需要很长的时间（不单是某一个人学习的时间，还需要整个社会中文化与传统的累积），但既然有这样好的环境，又有这样多的人口，我想四五十年之内，总有中国的巴格尼尼（Paganini）或李斯特（Franz Liszt）出现吧，六七十年之内，总有中国的贝多芬或柴可夫斯基出现吧！从历史的观点来说，那决不是很长的时间，问题是在于目前的努力。

选自《三剑楼随笔》

永恒神秘的微笑

　　昨天收到朋友寄来的一张圣诞卡，封面上印的是那张号称"全世界最著名的画"——《蒙娜丽莎》。这张画因为看到的次数实在太多了，这次再看到对于画中那所谓"永恒神秘的微笑"，似乎已没有什么奇特的感觉。一位学画的朋友前几年曾到巴黎游览，当然要到卢浮宫去细细欣赏这幅名画。据他说，他一共去看了三次，每一次都觉得画中那个蒙娜丽莎的表情和上一次有些不同。

　　画中的人物能改变表情，事实上当然是不可能的，但这幅画确实能给人一种奇异的印象。最显著的，是画中人好像是活的。因为非常像真人，于是她似乎张着眼睛在瞧我们，似乎她有她的思想感情，似乎她的表情在不断改变。一个活生生的人，表情当然是会改变的。即使在这幅画的复制品之中，我们也会经历到这种感觉。有时候她好像在嘲笑我们，有时候她的微笑之中好像带着深刻的哀愁。

达芬奇（Leonardo da Vinci，或译达文西）为什么能达成这惊人的成就。比较合理的解释似乎是这样：就像世界上一切伟大的艺术作品一样，这幅画以极高明的手法来表现了生活与真实，因而使人产生了强烈的印象。

千百年来，无数伟大的画家们努力寻求各种各样有力地表现形象的手段，也各有各的成就。达芬奇在这幅画中所用的方法之一，是"含蓄"，是意犹未尽，是让观画者有一个思索想象的余地。他所采用的一种画法，意大利画家们称为"隐晕法"（Sfumato），即轮廓并不非常分明，一种色彩和另一种色彩并不截然分开，微微有一点朦胧的感觉。在《蒙娜丽莎》这幅画中，达芬奇非常细致地造成了这个效果。大概连十多岁的孩子都知道，在画一个人头时，脸上的表情主要是由嘴角与眼角这两部分来表现，嘴角眼角向上弯曲是嬉笑，向下弯曲就是悲哀。在这幅画中，就在嘴角与眼角这两部分，达芬奇以极高的技巧来描绘了一种不确定的状态。因此，我们总是难以断定画中的丽莎到底是处在什么心理状态之下。

此外，达芬奇还使用了一种极大胆的方法。我们仔细看这幅画，会发觉两边是不大相称的，人像后面那如梦般的风景之中，这情形尤其明显，左边的地平线比右边的要低得多。因此，我们集中注意看左边的时候，画中这女人的身材会显得高些，看右边时会显得矮些。就是她的脸，左右也不是完全相称的。

这种对现实的故意歪曲并不是玩弄技巧，而是大艺术家更生动地表现现实的一种方法。他在画中对现实所作的改变并不多，而真实的部分，却又是描绘得如此生动美丽。这双手据说是古今所有图画中最美的手，袖子上的褶皱又是这样的细致。中世纪的人说达芬奇有巫术，能把人的灵魂移注在画上。这巫术不是别的，就是表现人物精神状态的巨大艺术才能。

　　达芬奇画这幅画时，已经是五十岁，正是他艺术达到了圆熟之境的巅峰状态。他从一五〇二年开始，断断续续地一直画到一五〇六年。画中的丽莎是意大利佛罗伦萨城一个名叫齐阿贡杜的有钱人的妻子，开始作这画的模特儿时是二十三岁，那时她已结婚了七年。有些记载中说，达芬奇绘这画时，在画室中放满了丽莎所喜欢的花，还命人奏乐，以维持她的精神状态。达芬奇虽然画了这么久，但始终没有认为已经完美而交出去，后来把画带到法国，落入了法国国王的手里。

　　关于丽莎的心理和她的微笑，四百五十年来所表达的意见真是读也读不完。美国的作家约翰·霍华德·劳逊（著名剧作家，好莱坞被迫害的十君子之一）在他那部《隐藏着的文化遗产》一书中，专门有一章分析《蒙娜丽莎》。他认为这画中的女人是一个阶级的具体形象。她是一个资产阶级的女人，内心有强烈的感情，但她能抑制这种感情，在外貌上不显示出来。人们看到她时，隐约觉得她有点高傲，也有点哀愁，总之是内心极不平静。蒙娜丽莎是资产阶级女人的代表，在她以后，有巴尔扎克笔下的女人，易卜生笔下的娜拉，托尔斯泰笔下的安娜·卡列尼娜等等。

劳逊又分析意大利当时动乱的社会与政治状态，说明那时候旧的封建秩序已经破灭，新的资本主义秩序还未确立，人们的生活动荡不安，精神上却是处在一个新的解放的时代。达芬奇以他巨大的天才，描写了这个时代的精神。所以画中的表情与其说是"神秘"，不如说是一种压抑了的隐藏着的激情。

比之所谓"女性的永远难解之谜的象征"、佛洛伊德式的"达芬奇同性恋倾向的表现"等等说法，我以为劳逊的解释是令人信服得多。

最奇特的说法之一，大约是本月二十二日的《时代周刊》中所刊载的一个消息了。其中说，英国一位医学教授凯尼斯·D·基尔上星期在美国耶鲁大学讲学，宣称蒙娜丽莎脸上所表现的是一种满意的微笑，因为她怀着孕。这位教授当然提出很多理由，说她坐得很稳、行动似乎很迟缓、衣服的线条暗示怀孕等等。但任何记载都不能支持这种说法，达芬奇画这画花了四五年时光，难道她始终怀着孕吗？

一九五八年十二月二十三日

摄影杂谈

　　讲到摄影，香港恐怕是全世界最方便的地方之一。第一是器材便宜，德国的相机、英美的胶片，在香港买都便宜过在原产地购买。第二是天气好、风景美。这里天清气朗的日子真多，既有高山，又有大海。曾听一位国画家说，香港的山既有北宗的山，又有南宗的山，这在全国各地都是罕有的，真是风景写生的好地方。适宜于绘画，当然也适宜于摄影了。大概由于这些优良的条件，香港的摄影家近年来在国际上声誉日起，任何哪一国的沙龙比赛中差不多总有香港人的作品入选。最近在圣约翰教堂展出香港摄影沙龙入选作品，确是琳琅满目，佳作很多，在各种艺术活动与体育活动中，真正达到国际水平的，香港目前似乎还只有摄影一项。

摄影算不算是"艺术"呢？在摄影家们说来，那当然是艺术，但严格说来，它与真正的艺术还有很大的距离，所以现在许多人认为它是一种"半艺术"（Semi-Art）。所谓艺术，是指人们创造一种作品，用以表达思想感情。诗人写一首诗歌颂劳动的光荣，音乐家作一首曲子抒发他恋爱的感情，画家与雕刻家在画布或雕像中表达物体的美丽和他的看法，小说家、剧作家、电影的编导们描写社会中的悲欢离合……这些作品都有很大的创造自由，能深刻地表现作者的思想和感情，引起观赏者的共鸣。但到目前为止，单幅的照相还不能成为圆满地表达思想感情的工具，当然，照相中也包含有思想和情感，但一般说来，这只是"包含"而不是"表达"，因此不能说是完整的艺术作品。

比如说，用一个美丽的女人做题材。画家爱怎样画她就可怎样画，或许，这个女人容貌虽美，灵魂却很丑恶，高明的画家会在她嘴角的微笑中加上一些邪恶的线条，或者在她美丽的眼睛四周涂上一些不愉快的彩色，甚至于，他可以在肖像上画些毒蛇、蜈蚣之类。但摄影家却没有这种自由，他只能取一个怪异的角度，缩小光圈用一种"低调子"来拍摄，或者，再在黑房工作时增加点什么，然而不管怎样，他不能真正的"创造"，只能尽可能的"安排"现成的物件。

戏剧与电影，在某几点上来说，创造也是受限制的，编导者的思想感情，要通过演员表达出来。如果演员好，那么艺术创造就很圆满，要是演员很糟，编导者的艺术意图就表达不出了。哥顿·克雷（Gordon Craig）是英国著名的戏剧家（他是英国著名女演员爱伦·戴莱〔Ellen Terry〕的儿子，萧伯纳写给爱伦·戴莱的情书在文艺界是很出名的），苏联的大戏剧家斯坦尼斯拉夫斯基曾邀请他到苏联去导演《哈姆莱特》。这位哥顿·克雷就常常叹息演员的不如人意，以致认为在戏剧中，最完美的表演者是木偶，只有木偶才不会妨碍戏剧家的创造。这种说法当然是过于偏激，演员的表演本身就是一种艺术，这种艺术与编导的艺术结合起来而成为完整的戏剧艺术。

如果不是那么认真，当然"安排"也可以说是艺术，不是有许多人把插花、烹调、衣服设计、室内装置，甚至理发、交际等等都说成是艺术么？与这些东西比较，那么摄影中创造与表达感情的成分又高得多了。

朋友中大概一大半的人有照相机，除了极少数的人专心研究之外，大家只是拿来玩玩而已（包括我自己在内）。有一种德国相机叫做"为她摄"，这种相机并不出名，但它的名字倒说出了这里许多玩相机的人的目的。

选自《三剑楼随笔》

围棋杂谈

日前见到一篇访孙中山先生上海故居的文章，文中说到中山先生的居室里除了书籍地图之外，还放着一副围棋，这是他工作读书之暇唯一的娱乐。我们想象这位革命伟人在规划国家大事之余，灯下与一二知交丁丁敲棋，执子凝思，真是一幅感人极深的图画。

围棋是比象棋复杂得多的智力游戏。象棋三十二子愈下愈少，围棋三百六十一格却是愈下愈多，到中盘时头绪纷繁，牵一发而动全身，四面八方，几百只棋子每一只都有关连，复杂之极，也真是有趣之极。在我所认识的人中，凡是学会围棋而下了一两年之后，几乎没有一个不是废寝忘食地喜爱。

古人称它为"木野狐",因为棋盘木制,它就像是一只狐狸精那么缠人。我在《碧血剑》那部武侠小说中写木桑道人沉迷着棋,千方百计地找寻弈友,在生活中确是有这种人的。

当聂绀弩兄在香港时,常来找梁羽生与我下围棋。我们三人的棋力都很低,可是兴趣却真好,常常一下就是数小时。

围棋这东西有趣之极,但就因为过于复杂,花的时光太多。学习与研究固然花时间,就是普通下一局,也总得花一两个钟头。日本的正式比赛,一局棋常常分作许多天来举行,每天下几个钟头。报上刊载一局棋的过程,就像长篇连载小说那样,每天登载数十着,刊到紧要关头就此打住,棋迷们第二天非买这报追着看不可。所以日本围棋的大比赛都是由各大报纸举办的,这是日本报纸推广销路的重要办法。在我国,由于下围棋花时间太多,所以它近年来没有象棋这么流行,因为大家是愈来愈忙了。

广东人喜欢围棋的很少,在香港实在难得看见。在江浙一带,围棋之风那就盛得多,每一家比较大的茶馆里总有人在下棋,中学、大学的学生宿舍中经常有一堆堆的人围着看棋，就像这里的人看象棋一般。

象棋是从印度传来的（一说是我国自行发明，但从各种资料看来，以印度传来之说较有根据），围棋却是中国人发明的。古书上说，尧的儿子丹朱不肖，颇有阿飞作风，尧大为忧虑，就制作了围棋来教他，希望他在游戏之中发展智力。这说法恐怕未必可靠，有无丹朱其人已是一个问题，而据古书上记载，丹朱也没有改好。不过围棋确是由来已久，《孟子》中就曾谈到弈秋教人弈棋的故事，不用功的人一心以为鸿鹄将至，想着去打鸟，于是学棋学不成。大约在一千七百多年前，经由高丽、百济（朝鲜）而传到日本。现在在日本，反比我国兴盛。

前几天看到北京出版的一本日文本的《人民中国》杂志，上面有一篇介绍围棋的文字，还附了范西屏与施定庵的一局对局。范、施是清代乾嘉年间的两位围棋大国手，棋力之高，古今罕有，直到现代的吴清源才及得上他们。

上个月报纸刊载了上海文史馆馆员的名单，其中刘棣怀、魏海鸿、汪振雄三位都是围棋名家。我国还有一位围棋前辈顾水如先生则在北京。刘棣怀以前称中国第一人，但最近上海举行名手比赛，魏海鸿的成绩最好，可能刘棣怀因为年老而精力衰退了一些。魏以前在武汉，人家给他一个绰号叫做"刀斧手"，可见他善于厮杀。汪振雄抗战时在桂林主持围棋研究社，那时我还在念中学，曾千里迢迢地跟他通过几次信。汪先生笔力遒劲，每次来信很少谈围棋，总是勉励我用功读书。我从未和这位前辈先生见过面，可是十多年来常常想起他。

陈毅将军是喜欢围棋出名的，棋力如何却不知道了。

选自《三剑楼随笔》

围棋五得

日本棋院中挂有一个条幅,写着"围棋有五得:得好友,得人和,得教训,得心悟,得天寿"。提倡围棋极有功绩的郝克强先生很喜欢谈这"五得",著名作家严文井先生也特别称赞,认为很有意思。

这"五得"不知是谁提出的,当是日本人的说法,因为中国古籍中没有这样记载。中国棋友会请问日本的名誉棋圣藤泽秀行先生,他说记不清楚出典了。

"得好友"和"得人和",凡是喜欢下围棋的人都有这样的经验。楸枰相对,几个钟头一句话不说,也能心意相通,友谊自然而然地建立起来。我和沈君山、余英时、林海峰、陈祖德、郝克强诸位等结交，友谊甚笃，都是通过围棋。至于教过我棋的许多位年轻高手，更不用说了。有几位日本朋友，我和他们根本言语不通，只能用汉字笔谈，却也因下棋而成为朋友。日本棋界的人常说："下围棋的没有坏人。"这句话自不免有自我标榜之嫌。但围棋公平至极，没有半点欺骗取巧的机会，只要有半分不诚实，立刻就会被发觉，可以说，每一局棋都是在不知不觉地进行一次道德训练。

围棋是严谨的思想锻炼、推理锻炼，有人说是"头脑体操"。现代医学保健的理论很注重心理卫生，注重保持头脑的功能，因为人身一切器官内脏的运作，都是靠头脑指挥的。有些人年纪老后，体力衰退，但头脑仍然健全，往往可以得享高寿。那便是下围棋可"得天寿"的理论根据。我国当代著名棋手王子晏、金亚贤、过旭初、过惕生等诸位都年寿甚高，足为明证。王子晏老先生年过九十，棋力只稍退而已。最近来香港参与棋界盛会的日本业余高手安永一老先生，自己说已记不清是八十四岁还是八十五岁，他脚力差了，有点不良于行，行棋却仍然锋锐凌厉，因为头脑清楚，演讲起来便风趣而有条理。康德、罗素等哲人之得天寿，相信也出于不断的思索动脑筋。当然，不断运用脑筋也不一定寿命长，还有其他许多因素。

"得教训"与"得心悟"是最难了解的了，尤其"得心悟"，当是"五得"的精义。唐玄宗时代的围棋国手王积薪传下来"围棋十诀"，至今日本许多棋书仍然印在封面上，公认为是围棋原则的典范。十诀的首要第一诀是"不得贪胜"。下棋是为了争胜负，不求胜，又下什么棋？但过分求胜而近于贪，往往便会落败。这不但是棋理，也是人生的哲理，似乎在政治活动、经营企业，甚至股票投机、黄金买卖中都用得着。既要求胜，又不贪胜，如果能掌握到此中关键，棋力便会大大地提高一步。吴清源先生常说，下棋要有"平常心"，即心平气和、不以为意，境界方高，下出来的棋境界也就高了。然我辈平常人又怎做得到？不过有此了解，虽不能至，时刻在念，庶几近焉。

一九八五年四月

历史性的一局棋

"号外！号外！丁当，丁当！大新闻！"

一九三三年二月五日，东京街头到处响起了报贩们的叫卖声和铃声，卖的是《报知新闻》的号外，向成千成万读者们报告一个"重大的"消息：吴清源与木谷实在正式围棋比赛中都使用他们所创的"新布局法"（在日本称为"新布石法"），木谷实先手，三子都走五路，吴清源三子走四路，成为"三联星"。这在围棋界是前无古人的着法。日本人对围棋极为着迷，无怪这件事报纸竟要出号外。

木谷实是日本的青年棋人，和吴清源感情很好，两人共同研究而创造出来一种新的布局体系。简单地说，那是在布局上笼罩全盘而不是固守边隅。他们合著的《新布石法》一书出版后，书局门外排了长龙（日文称为"长蛇"），在一个短短的时间之内销去了五万册。不久，日本围棋界出现了称为"吴清源流"（即"吴清源派"）的一群人。

日本围棋界向来有一种本因坊制度，所谓本因坊就是围棋界的至尊，以往都是一人死了或退休之后，由当时棋力最高的另一人继任，名高望隆，尊荣无比。那时日本的本因坊是秀哉（他原名田村保寿，秀哉是这位本因坊的尊号，有点儿像皇帝的年号一般。后来岩本薫任本因坊，号称本因坊"薫和"，桥本宇太郎号称本因坊"昭宇"等等。）新布石法既然轰动一时，本因坊当然要表示意见，这位老先生大不以为然，认为标新立异，并不足取。两派既有不同意见，最好的办法是由两派的首领来一决胜负。

秀哉为了保持令名，已有很久很久没下棋了，这时为形势所迫，只得出场奋战，这是日本围棋史上一件极度重要的大事。那时吴清源是二十二岁。

吴清源先行，一下子就使一下怪招，落子在三三路。

这是别人从来没用过的，后来被称为"鬼怪手"。秀哉大吃一惊，考虑再三，决用成法应付。下不多子，吴清源又来一记怪招，这次更怪了，是下在棋盘之中的"天元"，数下怪招使秀哉伤透了脑筋，当即"叫停"，暂挂免战牌。棋谱发表出去，围棋界群相耸动。守旧者就说吴清源对本因坊不敬，居然使用怪招，颇有戏弄之意。但一般人认为，这既是新旧两派的大决战，吴清源使出新派的代表手来，绝对无可非议。

这次棋赛规定双方各用十三小时，但秀哉有一个特权，就是随时可以"叫停"，吴清源因为先走，所以没有这权利。秀哉每到无法应付时，立即"叫停"。"叫停"之后不计时间，他可以回家慢慢思考几天，等想到妙计之后，再行出阵，所以这一局棋因为秀哉不断叫停，一直拖延了四个多月。棋赛的经过逐日在报上公布，棋迷们看得很清楚，吴清源始终占着上风。一般棋人对于权威和偶像的被打倒不免暗暗感到高兴，但想到日本的最高手竟败在一个中国青年手里，似乎又很丧气，所以日本的棋迷们在这四个月中又是兴奋，又是担忧，心情是十分矛盾的。

社会人士固然关心，在本因坊家里，情形尤其紧张。秀哉连日连夜地召集心腹与弟子们开会，商讨反攻之策。秀哉任本因坊已久，许多高手都出自他的门下，这场棋赛大家自然是荣辱与共。所以，这一局棋，其实是吴清源一个人力战本因坊派（当时称为"坊派"）数十名高手。下到第一百四五十着时，局势已经大定，吴清源在左下方占了极大的一片，眼见秀哉已无能为力，他们会议开得更频繁了。第一百六十手是秀哉下，他忽然下了又凶悍又巧妙的一子，在吴清源的势力范围中侵进了一大块。最后结算，是秀哉胜了一子（两目），大家终于松了一口气。虽然胜得很没有面子，但本因坊的尊严终于勉强维持住了。

这事本来已经没有问题，但事隔十多年，二次世界大战之后，日本围棋界的元老濑越宪作忽然在一次新闻界的座谈会中透露了一个秘密：那著名的第一百六十手不是秀哉想出来的，是秀哉的弟子前田陈尔贡献的意见。这个消息又引起轩然大波。这时秀哉已死，他的弟子们认为有损老师威名，迫得濑越只好辞去了日本棋院理事的职务。

许多年后，曾有人问吴清源："当时你已胜算在握，为什么终于负去？"（因为秀哉虽然出了巧妙的第一百六十手，但吴还是可以胜的。）吴笑笑说："还是输的好。"这话说得很聪明，事实上，要是他胜了那局棋，只怕以后在日本就无法立足。

最近在日本的围棋杂志上看到吴清源大胜前田陈尔和现任本因坊高川格的棋局。前田居然连用了两下吴清源当年所创的"鬼怪手"，要是老师还活着，他一定不敢这样"离经叛道"吧。

选自《三剑楼随笔》

谈"不为五斗米折腰"

　　前几天几个人闲谈，从回去看看，话题转到了陶渊明的《归去来辞》，又转到了他的"不为五斗米折腰"。一位朋友说："陶渊明当一个月县令，薪水只有五斗米，一斗米大约十五斤，五斗米七十五斤，这未免太少了。这官儿当真不做也罢。"其实我国的度量衡，都是古代的较小，后来渐渐变大。陶渊明那时的五斗米，一定还不到十五斤。但到底有多少，可谁也不知道，记得在中学读书时，老师讲解这篇文章，对"不为五斗米折腰"一节，也没说得怎样清楚，大家于是"好读书，不求甚解"，糊里糊涂地过了去。

　　我觉得这问题虽没有多大重要性，但倒有点兴趣，后来就去查查历史书刊，找到了一点资料。

"不为五斗米折腰"的典故，最早见于宋书的《陶潜传》，其中说："郡遣督邮至，县吏白应束带见之，潜叹曰：'我不能为五斗米折腰向乡里小人。'即日解印绶去职。""督邮"这一种官，是专门来考查县令治绩的，使做县令的大为头痛，可想而知。《三国演义》中记张翼德怒鞭督邮，读者们的同情完全放在张飞一面。陶渊明没有燕人张翼德的臂力武功，鞭他一顿是不成的，但想到此人讨厌，不见也罢，于是辞官不干了。（至于《归去来辞》的序文中说辞官是为了妹子的逝世，大家说那是托词，只是为了免得惹祸。）

现在北京故宫里藏有王莽时代的一只量器，刘复根据这只量器推算，王莽时的一斗只合今日二市升弱。又据《隋书》记载，王莽的铜斛约当曹魏斛九斗七升多，而两晋南朝的斗斛之量是承继曹魏的。依此推算，陶渊明那时（东晋末年）的一斗大致与今日的二市升差不多。那么，陶渊明的五斗米，只有今日的一市斗米了。

近来我国学者的历史研究，非常着重历代的生产、消费、分配等等经济生活，与从前重视帝王家谱、个人英雄、家族门第等大不相同。因之古代的经济资料，也整理出来很多。据学者考证，东晋时地方官的俸禄一年大约为四百斛，即四千斗（古代一斛是十斗，到南宋贾似道时才改为五斗。广东一带很少用斛，但在江南，解放前"斛"的使用是很普遍的）。陶渊明的"五斗米"，如说是年俸月俸当然绝不合理，就算是日俸，也还是太少。那么其中原因在什么地方？

缪钺先生发表在《历史研究》的一篇文章中，提出了一个很新的、也颇令人信服的见解。历来大家都认为"五斗米"与陶渊明的俸禄有关，如孟浩然的《京还赠张维》诗中说："欲徇五斗禄，其如七不堪！"可见唐人就已这样理解，但缪钺先生那篇文章中却说，五斗米是当时知识分子一个月的粮食。

他根据史书上的资料证明，南朝士大夫的食量，大概每月五斗米左右，约当今日的一市斗（这数字和今日做脑力劳动的知识分子大致也差不多，这里一个普通家庭，成员都不做体力劳动，一家三口，一个月吃五十多斤米也够了）。所以陶渊明说"不为五斗米折腰"，就是说"我一个人每月有五斗米也就可以饱了，再多的也不需要。我回去过田园生活，虽然劳苦些，还是可以够吃，何必要做县令，逢迎这些没有品格的小人"。

他的《饮酒》诗第十首写道："在昔曾远游，直至东海隅。道路迥且长，风波阻中途。此行谁使然？似为饥所驱。倾身营一饱，少许便有余。恐此非名计，息驾归闲居。"最后这四句，正是说不能为了区区一饱，因而影响到名声。看来"不为五斗米折腰"，应该解释作"不能为了区区一饱而折腰"，而不是解释作"不能为了五斗米的官俸而折腰"。再者，后者这样解释，似乎陶渊明语意之中有些嫌官太小，推论起来，如果有了高官俸禄，他的腰就不妨一折再折了。事实上陶渊明归隐之后，朝廷曾征他做官，权贵曾和他交结，他都婉辞谢绝，可见他并非嫌官小而不为。

一九五八年十二月十六日

II

十八般「文艺」

《相思曲》与小说

你或许是我写的《书剑恩仇录》或《碧血剑》的读者，你或许也看过了正在皇后与平安戏院上映的影片《相思曲》（*Serenade*，或译《小夜曲》）。这部影片是讲一位美国歌唱家的故事，和我们的武侠小说没有任何共通的地方，但我们这个专栏却是上天下地无所不谈的，所以今天我谈的是一部电影。也许，百剑堂主明天谈的是广东鱼翅，而梁羽生谈的是变态心理。

这一切相互之间似乎完全没有联系，作为一个随笔与散文的专栏，愈是没有拘束的漫谈，或许愈是轻松可喜。但《相思曲》据说是从美国作家詹姆士·凯恩（James M.

Cain）一部同名的小说改编的，我在三四年前看过这部小说，现在想来，不觉得小说与电影之间有什么关系，后来拿小说来重翻一遍，仍旧不觉得有什么关系。

你看了电影之后，一定会觉得这是一个普通的俗套故事，不知道有多少美国影片曾用过这个故事：一个艺术家受到一个贵妇人的提拔而成了名，两人相爱了，后来那贵妇抛弃了他，使他大受打击，但另一件真诚的爱情挽救了他。然而小说的故事却不是这样的，完全不是。

凯恩的作风与海明威（Ernest Hemingway）很相像，他们两人再加上史考特·费兹杰罗（F. Scott Fitzgerald）和威廉·福克纳（William Faulkner），这几位美国第一流的作家对欧洲近代小说发生了相当大的影响。凯恩有点模仿海明威，不论题材和风格都有点相似。这部《相思曲》的小说，造句简短有力，描写激烈的感情、粗鲁的火热的性格，在性的方面肆无忌惮，都很像海明威，但社会意义却胜过了海明威大多数的作品。

电影里的女主角（莎列妲·梦桃〔Sarita Montiel〕所饰

的黄亚娜）是一个有钱小姐，在小说里却是一个妓女；电影里教堂那一场戏庄严肃穆，马里奥·兰沙（Mario Lanza）虔敬地唱着《圣母颂》，但在小说里，马里奥·兰沙所饰的这个男主角丹蒙却在教堂里强奸这个妓女，而黄亚娜后来也不加拒绝。

单是这两个例子，你就会想到，电影与小说的风格是截然相反的。是不是电影的文雅比较好些呢？我以为一点也不是。

在小说里，黄亚娜是一个墨西哥的印第安人，是一个妓女，男主角丹蒙和她同居（决不是结婚），把她偷偷带到美国。丹蒙在舞台上和电影界都成为大明星。电影的制片人温斯敦很憎恨黄亚娜，他怕观众们知道她的身世之后会大大影响丹蒙的票房价值，于是去报告移民局，要把她驱逐出境。黄亚娜和丹蒙是真诚相爱的，她不愿这场真挚的爱情被金钱、名声、种族偏见所毁掉，于是在一个酒会里用斗牛的剑把温斯敦刺死。丹蒙和她逃到了瓜地马拉。

结局是很悲惨的，丹蒙愈来愈潦倒，天天在下等妓院里斯混，黄亚娜终于离开了他，又去当妓女，在追逐中，黄亚娜被警察打死。

这是一个很有力量的故事，控诉恶劣的社会怎样摧毁一个歌唱的天才，怎样杀死一个善良的少女，怎样破坏一桩纯洁的爱情，但荷里活（即好莱坞）把这个有力的故事改变为一个女人祸水的公式。

小说中有一段话（小说是用第一人称写的），表示了作者对荷里活的看法，也说明了荷里活为什么要用现在的方式来摧毁这部文学作品。书中这样说：

"我不喜欢荷里活（编按：即好莱坞）。我所以不喜欢它，一部分是由于他们对待一个歌唱家的方式，一部分是由于他们对她的方式。对于他们，歌唱只是你所买的东西，你必须付钱的东西，演技、剧本的编写、音乐，以及其他所有一切他们所使用的东西都是这样。这些东西本身可能自有其价值，这种念头他们从来没有想到过。他们认为本身自有其价值的，那只有制片家，他决不知道勃拉姆斯（Johannes Brahms）与艾荣・柏林（Irving Berlin）之间有什么分别，他不会知道歌唱家与哼时代曲的人有什么分别，直到有一天晚上，二万多人高声大叫要听那唱时代曲的人唱歌，他才懂得两者的不同，除了编剧部替他写好的故事大纲之外，他不会读书，他甚至不会说英语，但他自以为是精通音乐、歌唱、文学、对话以及摄影的专家，只因为有人把奇勒·基宝（Clark Gable，或译克拉克·盖博）借给他拍一部影片，于是他成功了。"

　　小说家凯恩对于荷里活一点也不尊敬，于是他们对他的小说也使用了暴行，不过不是在教堂里，是在摄影场上。

选自《三剑楼随笔》

《无比敌》有什么好处？

　　有两位学生读者来信和我谈到《无比敌》的意义，他们都说只看了电影而没有看小说，觉得影片并没有什么了不起。如果电影确是没有把小说改动多少，那么汉门·梅尔维这部小说有什么资格列为"世界十大小说"之一呢？

　　这是一个有意义的问题。据我想，那是因为电影用了小说的情节，然而忽略了小说的精神。如果电影的情节完全依照原著，而原著中的主要精神却没有好好表现出来，这决不是一种优秀的改编。《无比敌》的故事十分简单，要是不深入到小说主角船长亚海勃灵魂的深处，那么把这个海上的冒险故事不论说得如何动人，都不见会有太大的艺术意义。

梅尔维的一生很是不幸。在他年纪很小的时候，他父亲就破产了，他只得去跟人做学徒，投靠亲戚，后来在捕鲸船上工作，曾两度流落在太平洋小岛的吃人部落中间。他把这些经历写成了两部小说《泰比》（*Typee*，1846）和《奥摩》（*Omoo*，1847）。不久就和马萨诸塞州的大法官萧氏的女儿结婚。他经济情况从来没有好过，在美国这社会中始终郁郁不得志，从他的传记中看来，他的一生主要是靠岳父的津贴与遗产、妻子的私蓄与妻舅的遗赠过日子的。最后他在港口的海关上做检查员，每日的工资是四元，一位大作家的日子完全在检查烟草与货物的生涯中度过，这样一直做了二十年。他著作的版税每年很少有超过一百元的时候。他没有什么知心的朋友，与妻子的感情也只平平。他的大儿子在十八岁那年用手枪自杀，二儿子突然离家，死在外面，我们不知道那是为了什么原因，但他的家庭生活很是悲惨，那是可以想象得到的。

《无比敌》是他在三十二岁那年写的，此后一连串不幸的日子他还没有遇上，然而这世界对他已经很是残酷。他从小受宗教的熏陶，但逐渐逐渐，他对上帝与善恶的道理起了怀疑。为什么命运这样残酷？为什么世界上的事情与《圣经》中所说的是这么大不相同？美国的大小说家霍桑（《红字》的作者）是梅尔维较好的朋友，曾这样描写他："他不能够信仰，而他对自己的不能信仰又感觉不安；他为人是太忠实而勇敢了，以致既不能信仰，又不能安于自己的不信。"这几句话很好地描写出了这个人的精神状态，他对社会、对世界、对整个人生和宇宙组织都感到极度苦闷。

在剧烈的痛苦之中，迸发了强烈的反叛。他非常感人地描绘了船长亚海勃的灵魂，这是一个叛逆的灵魂，心灵的深度充满着憎恨与反抗。小说中的亚海勃船长这样说："囚犯如果不打破监狱的墙壁，他怎么能出去？对于我，这头白鲸就是狱墙，紧紧地把我压制着。……他困扰我；他折磨我；我知道他有一种狂暴的力量，一种不可思议的恶毒力量。我憎恨的主要就是这种不可思议的东西……如果太阳侮辱我，我就要打击太阳，不要对我说这是亵渎，兄弟们。

因为如果太阳能这样做，那我也就能那样做；这是很公平的，一切事物之中充满了相互的嫉妒。"

这不是强烈的愤世嫉俗的呼声么？

梅尔维这部作品结构上颇有缺点，在小说中故意卖弄学问，夹杂了许多关于海洋与鲸鱼等等的议论和历史，文体也并不纯净，他自己也不大知道这作品的主题应该是什么，然而他写了一个动人的故事，尤其重要的，是他描写了船长亚海勃这个深刻的叛逆的灵魂。这位船长由于憎恨与复仇欲而变成了接近疯狂，然而我们在读这本书的时候，不自禁的佩服他，同情他，就如他船中所有的船员们一样。

毛姆拿这部小说来与希腊悲剧与莎士比亚的剧作相比。亚海勃的悲剧，在规模与深度上，确是可与伊底帕斯、李尔王、奥赛罗这些人的悲剧相比拟，他们和命运奋战，但终于遭到毁灭。只是《无比敌》这小说中描写的不是人类生活中一种真实的现象，白鲸只是一种虚幻的东西，因之艺术力量不免受到损害。

格力哥利柏（Gregory Peck，或译葛雷哥莱·毕克）丝毫没演出亚海勃船长的心灵，他没有使我们感染到故事中的悲剧力量，那种一个巨大的心灵被残酷命运所压服的悲剧——他只使我们感到迷惘和混乱！

选自《三剑楼随笔》

谈《战争与和平》

我收到了七八封读者们写来讨论这部影片的信，这些信中表示了截然相反的评价。有的说："我自看电影以来，从来没见过这样好的影片。"但也有人说："这部虚有其表的巨片，比拿破仑逃出莫斯科还要失败得厉害。"朋友中大多数是称赞它的，但也有人认为它十分糟糕和莫名其妙。再看看外国电影杂志上的意见，虽然极大多数是赞扬，但也有人对它批评得相当激烈。显然，意见分歧很大。

我把这部小说重新翻阅了一遍。高植先生的中译本一共有二千三百九十四页，虽然不是详细地阅读，也得花好几天工夫。我又去看了一遍电影。在这里，我想就一些问题谈谈我的意见。关于托尔斯泰的世界观与作品之间的矛盾和统一问题，自从文艺界对胡风事件展开批评以来，到今天还在热烈地讨论。这不是一个简单的问题，而要评论这部电影，又不能不接触到这个基本的关键。所以，我的看法一定有肤浅与片面的地方，希望读者予以指正。

改编这部小说的主要困难在什么地方？

英国当代著名的小说家毛姆说："《战争与和平》当然是所有小说中之最伟大的。写这部小说的，必得是一个智力极高而想象异常有力的人，一个对世界有广泛的经验、而对人性有敏锐之洞察力的人。在此以前，从来没有一部小说有如此巨大的规模，处理如此意义重大的一个历史时期，而有如此众多的人物；我猜想，以后也不会再有。或许会有也是很伟大的小说，但不会有这样子的伟大。"在这部小说初出版时，俄国当时著名的批评家史特拉克霍夫这

96

样概括地说："人类生活的全景。当时俄罗斯的全景。所谓历史与人民之斗争的全景。一切人民在其中找到幸福与伟大、悲哀与屈辱的东西的全景。这就是《战争与和平》。"

书中描写了五百多个人物，从皇帝一直写到小偷的心理，将军、贵族、荡妇、少女、商人、农奴……无所不包。这样一部巨作要改编为电影，或许是电影史上一个前所未有的巨大工程。更加困难的是，不仅原作规模巨大，还由于它的内容具有异常的深度；不仅它写的是一个混乱的时代，而更由于原作本身，也是具有若干矛盾与混乱。

作品中为什么有许多混乱而令人感到迷惘的地方？

托尔斯泰是一个伟大的人道主义者。他热爱祖国、热爱人民，对受苦的农民有深厚的爱与同情。他对当政者的虚伪与残暴极为愤慨。但另一方面，他是一个贵族，而且颇为自己伯爵的头衔自傲。他设法改善农民的生活，但同时他又置买田地，扩大产业。他一直在寻求上帝，相信历史是命运安排的。他主张不要对罪恶与暴力抵抗。一直到晚年、到逝世，他的精神与思想始终是不安定的。似乎相信了某种主张，可是始终没有彻底地去实行。这位伟大的艺术家整个生命是一个悲剧，最后，以八十多岁的高龄，逃离家庭而死在外面，临死时不断叫着："逃啊！逃啊！"他进步的与反动的两种思想，都在若干程度上反映在《战争与和平》之中，因此不免有许多地方是互相矛盾的。但显然，进步的思想是占了压倒性的比重。这部小说所以有重大的价值，原因就在这里。

既然以人民抗战为重点，为什么贵族的家庭生活与爱情占了这许多篇幅？

托尔斯泰起初写这部小说，只是想写一八五六年时的十二月党人，但为了解释书中人物（先进的贵族）思想性格的成长，终于把时代一次一次地推前，一直推到了一八〇五年，而以一八一二年的大战作为高潮。他最初的目标只是描写几个贵族家庭的生活，但当他忠实地叙述这次大战时，他收不住了笔，不得不把在这次战争中起决定作用的普通人民广泛地光辉地加了进去。主角是贵族，因为托尔斯泰认为，俄罗斯社会的精华与基干，是爱国、有文化、有思想的贵族。

小说主要的优点与缺点是什么？

在描写战争时，他着重地叙述了俄国人民的英勇精神，在大敌当前时一致起来杀敌。他绘出了元帅、贵族、商人、农民、游击队员等各种各样的人在战争中的表现。在描写和平时，他对上层贵族的腐化生活作了有力的讽刺，谴责他们对国家的大难临头漠不关心。他刻画了整个社会的动态，真实地反映了那个危难的时代中各种勇敢的人、可爱的人、卑鄙的人的面貌与内心世界，生动地叙述了保卫祖国的人民的胜利、侵略者的败亡。

然而书中也有一些与主要部分不统一的地方。例如那个乐天安命、不反抗一切的农民卡拉他耶夫。托尔斯泰把他当成是真理的化身。这个农民主张爱敌人、顺从暴力、不反抗不公平与不正义。很明显，这个人物与全书的主题很不调和。在全民一致的热烈抗战之中，这个消极人物决不值得歌颂。但整个看来，这种"不抵抗思想"在书中占的地位不是极不重要的。

电影改编得好不好？

第一，原作是这样巨大，改成电影而有所删节，无人会表示反对。

第二，电影是十分地忠于原作，主要的场面、情节、对话，都是从原作中原封不动地移过来的。改编者对托尔斯泰十分尊重。有些场戏中的布景，也是根据原作中所描写的细节而布置的。我觉得改编者作了极大的努力，在竭其所能地要把原作显现在观众面前。他们的真诚与谨慎极可称道。然而我们仍然有不足之感，我想主要原因是在艺术才能与观点上。

把小说改成电影，单单做到不歪曲原作是不够的。苏联女小说家尼古拉耶娃的《收获》曾轰动一时，然而她自己根据自己的小说而写的电影剧本，大家却认为并不怎样成功。为什么呢？因为电影是一种与小说截然不同的艺术形式，在小说中好的，在电影中未必一定也好。最好的改编，除了保持原作的主要情节与人物性格之外，次要的可以删除，也可以增添，但最最重要的，是要在电影中表达原作的精神。《战争与和平》的主要精神是俄国人民对抗拿破仑的侵略，那么影片就应该环绕这个中心环节而展开。一切人物的思想、行动、性格的发展，都必须与这主要精神相关。小说可以详细而缓慢地分析彼埃尔的心理发展，可以描写娜塔霞（Natasha Rostov）的感情变化，但电影不能享受这种奢侈。一切无直接关系的都应当删除，应当把最主要的重点地显示出来。

娜塔霞当然可以恋爱，但这恋爱必须与影片的主题有关。影片中的处理，不免使人觉得两者不是密切地结合在一起的。影片把书中的事件一段段地忠实地演出来，由于篇幅的限制，许多部分不得不略去。这就丧失了原作中的平衡。事实上，应当根据原作的主旨而创造新的平衡。改编者拘泥于表面的、形式上的忠实，以致前半部显得松懈，戏剧性不够。因为把极大部分的篇幅用来描写贵族们的恋爱，人民与普通士兵所起的作用就表现得极不充分。托尔斯泰这部作品所以伟大，主要不是在恋爱与心理的描写，而是对人民群众在历史上所起作用的歌颂。既然极少改动地保留了前者，那就不可避免地减少了后者。

可以说：本片在改编上的缺点是，过于忠实原作，以致变成了不够忠实。

理想的改编应该是怎样?

据我个人的意见，合于理想的改编，应当是抽取这部巨作中的精华，重新编整，融化为一个戏剧性很强的完整故事。凡是娜塔霞、彼埃尔、安德雷等人的恋爱、激动、思想转变等等，都要与拿破仑侵入莫斯科及败退这件大事有密切联系。如果没有明显关系的情节，即使是非常精彩，也应该毫不可惜地删去，以免头绪纷繁。

随便举一个例子：

托尔斯泰描写彼埃尔的妻子爱伦和爱伦的哥哥安那托尔，把他们当成是俄国上层腐化贵族的代表，用以反衬一般人民的坚苦与英勇。电影中把这两个人单纯表现为对爱情不忠、行为放荡的角色，显然是没有把握到作者深刻的社会意义。原作中爱伦的客厅是宫廷贵族们的集中地，当法军攻进了国境的时候，这些人还是满口法国话，说法国人如何有文化，拿破仑如何伟大等等。用电影来表现对比是最容易也是最有力的。如果在描写这群无聊腐化的人之后接着描写战场上的惨况，描写商人怎样放火烧掉自己的商店以免资敌，街头人民怎样与法国人打架，伤兵们如何愤慨，工人群众怎样打死卖国贼奸细等等，再描写朝臣们怎样勾心斗角，爱伦等这些人怎样穷奢极欲地饮宴跳舞，怎样在豪华的戏院中看法国戏等等（这些全是原作中所有的），那就很清楚地表达了原作的精神，爱伦这个美女在电影中就发生重要作用。

安德雷与彼埃尔这两个人表示什么？

有些批评家指出，这两个人代表着托尔斯泰自己的两个方面，他性格中两个互相矛盾的方面。安德雷头脑清醒，意志坚强，有非凡的天赋智慧，漂亮而精明强悍，为了权力与荣誉紧张地行动。他极能自制，内心热情充沛。不过他也有贵族的傲慢和固执。彼埃尔和他截然不同，他是肥大而难看，行动笨拙，精神散漫，好脾气，意志薄弱，常常走到道德堕落的地步（生了个私生子），但在清醒之后，集中了精力去探索人生的意义。他热衷于宗教，后来又全盘地接受了宿命论与不抵抗主义，最后接近十二月党人的思想。他动荡不定的精神反映出他是在努力追求真理。然而没有获得确定的结果，这正是托尔斯泰本身的经历。

两个人都爱国，与腐朽贵族的生活不能调和；都是站在地主的立场而试图改善农奴的生活，然而没有成功。两个人是纯洁而崇高的人，相互间有很好的友谊，而且，两个人都爱着娜塔霞。

娜塔霞是怎样一个人？

托尔斯泰的夫人在结婚以前曾写过一部小说，主角是她自己与她妹妹塔妮亚。她把书中的塔妮亚改名为娜塔霞。托尔斯泰后来写《战争与和平》，娜塔霞就是以塔妮亚为模特儿的，这是托尔斯泰写得最生动的女性。一般说来，少女的个性是没有充分发展的，除了描写她的天真活泼之外，很少作深刻的刻画。然而娜塔霞不但温柔甜蜜，而且心地良善，感觉敏锐，有时孩子气，有时又有母性的慈爱。最主要的，她是一个纯朴的俄罗斯姑娘，她热爱俄罗斯人民，爱大自然，爱祖国的文化，对于上层贵族社会的法国化完全不能接受。

柯德莉·夏萍（Audrey Hepburn，或译奥黛丽·赫本）演这角色确实很动人，她把娜塔霞演得很可爱，同时有强烈的个性。

有人对于她爱情的不稳定不能理解。为什么她忽然爱上那个花花公子安那托尔呢？这不是她性格中的一个大缺点吗？在原作中，娜塔霞在做小姑娘的时候还有一个小情人保理斯，而她与彼埃尔结婚后，变成了一个啰嗦、相当庸俗、只注意儿女、常常没来由地妒忌的妇人。我觉得这是托尔斯泰忠于生活的描写，是他艺术上伟大与深刻的地方（王智量先生在发表于《文学研究集刊》上的文章中认为，这是由于托尔斯泰轻视女性的反动思想作祟，我不同意这样看法）。在那个时代，一个可爱的少女与地主贵族结婚之后，极可能慢慢变为庸俗而没有光彩，这是真实的生活。同样的，当她在性格还不稳定的时候，也可能受坏人的欺骗，这也是真实的生活。不过电影没有那样多的篇幅来详细描写她性格的成长发展，来刻画她的心理过程，不提她的将来是好的，不提她小时候的保理斯也是好的，甚至安那托尔引诱她私奔的情节虽然重要，但因为电影要处理的事情太多，我想这个情节也还是删去了的好。因为说了这个事件而不去表现前后各种微妙曲折的关系，就无可避免地损害了娜塔霞的性格。

拿破仑和库图索夫

托尔斯泰认为，历史是由命运决定而不是由人决定的，在大会战中，法俄双方总司令所有的命令根本都没有被执行。他认为拿破仑愚而自用，库图索夫相当的老朽而无能为力。但另一方面，他又描写库图索夫怎样鼓舞着军队的士气，指出战争的胜负不是决定于军力、武器、阵地，而是决定于士气。因为法军军心不振，而俄国举国一致地要决一死战，终于拿破仑被打败了。电影根据托尔斯泰的理论而描写这两个统帅，以致拿破仑固然骄横庸愚，库图索夫也没有显出他英明决策、忍辱负重的一面。原作中有一个场面是写得极好的：拿破仑趾高气扬地发号施令，而库图索夫却在简朴的农舍中召集将领开会。一个六岁的农家女孩在火炉边望着他们争辩，她同情"爷爷"（库图索夫）而反对"长袍子"（一个贵族将军），因为"爷爷"曾慈爱地给了她一块糖。撒出莫斯科的讨论通过这小女孩的眼睛而展示出来，显得十分动人。电影中仍旧有那女孩，但丝毫不起作用，没有让观众接触到库图索夫那种深厚、纯朴、和农民十分接近的性格。

战争场面

电影的战争场面十分巨大，波罗既诺之战中法国骑兵的冲锋尤其辉煌，渡口法军的拥挤也表现得令人惊心。主要的缺陷是没有表现双方士气的对比。如果国泰戏院重映一下苏联片《大败拿破仑》，其中的战争场面不论规模、战斗的激烈程度、对战争解释的正确等等，都胜过本片。观众们可以拿来对比参考一下。

总的评价怎样？

尽管指出了不少缺点，但我仍旧以为这是一部相当好的影片，与西欧与美国一般影片相比，甚至可以说是极好的。它很忠实于原著，虽然改编得不十分理想，然而与托尔斯泰原著是相当接近的。它显得有点混乱，但俄国人民英勇抗战以击败侵略者的史事，还是在银幕上颇为动人地、大规模地表现出来。

导演处理得很平稳，虽然，有些场面没有得到应有的发展而突然中止了，毛病就在于只求根据原作而造成了电影艺术上的缺陷。摄影精彩，彼埃尔与人决斗那一场景色，尤其是杰作。

除了夏萍外，亨利·方达（Henry Fonda）也是很好的。夏萍在大战之后没有什么改变，这是一个缺点，在原作，彼埃尔在战后与她相遇时根本不认识她了（这更有戏剧性、更表现了战争对人的影响）。米路·花拉（Mel Ferrer，或译梅尔·法洛）似乎缺少了一点光彩。

一九五七年三月十九日

谈《木马屠城记》

《木马屠城记》（*Helen of Troy*）是一部好片，场面雄伟，气魄宏大，有很浓重的文艺气息。

大家知道这部影片是根据希腊荷马的史诗《伊里亚特》（*Iliad*）改编的，但在精神上，与其说这部影片是"荷马式"的，还不如说它是"莎士比亚式"的更为接近。

荷马的《伊里亚特》

荷马是希腊古代的一位盲眼诗人，他根据希腊长期以来的民间传说，写了《伊里亚特》与《奥德赛》（*Odyssey*）

两部巨著。曾有人说，这两部伟大的史诗是许多人的集体创作，这问题始终争执不决，但近代的学者大都认为荷马实有其人，而这两部史诗也确是他写的，不过他是利用了过去希腊人民所长期累积的文学遗产而已。

我们看过《霸王艳后》(*Ulysses*) 这部影片，那是根据《奥德赛》改编的，这是《伊里亚特》的下集。在希腊语中，特洛伊城叫做伊里姆，《伊里亚特》是讲希腊人攻打特洛伊城的故事，而《奥德赛》是讲希腊诸王子之一的尤里赛斯在攻破特洛伊城后回家的故事。这两部史诗是不朽的经典，在三千年后的今天读来，雄风余烈，仍是令人不胜向往。

《伊里亚特》共分二十四卷，由一万五千六百七十三句诗句组成，这些诗句极少是描写或修饰，有百分之九十以上的诗句，每一句都是表达了重要的动作或对话，所以这部史诗虽然篇幅极长，但事件发展得很快。

《伊里亚特》的故事

《伊里亚特》的主题是希腊勇士阿喀琉斯的愤怒。诗篇开始时，特洛伊城之战已进行了十年，这首长诗并不是冗长地描写十年来战斗的经过，而只是割取其中最精彩的一段来重点表现。集中而简洁，这正是希腊艺术的要旨。

阿喀琉斯的一个女奴给希腊军统帅阿伽门侬夺去了，阿喀琉斯大闹情绪，不肯出战。后来他的好朋友为特洛伊的大英雄赫克托打死了，阿喀琉斯的愤怒转向敌人身上，向赫克托挑战。在一场激烈的战斗中，赫克托被杀。这部伟大的史诗以赫克托的葬礼来结束。阿喀琉斯被射中脚踝而死，以及木马破城等事迹，《伊里亚特》中并没有直接叙述。

选美引起风潮

真正忠实于《伊里亚特》的，倒是前些时候我们所看到的那部意大利片《风流皇后》（*The Face That Launched a*

Thousand Ships），该片如《伊里亚特》那样，同时叙述天上诸神与地下英雄们的战斗。不过那部影片拍得极糟，没有一点点荷马那种规模恢宏的气派。

特洛伊之战的起因据说是由于一个金苹果。诸神在天上开宴，忘了邀请爱丽斯，这个老太婆脾气很大，拿出一个金苹果来，上面刻着"给最美丽者"这几个字，朱诺、维纳斯和雅典娜三位女神都自以为最美丽，争执不决，于是众神之王的朱比德决定，请特洛伊王子巴里斯做"选美会总裁判"。现代的选美会弊端很多，但天神之间居然也不例外，三位女神公然向总裁判提出贿赂。朱诺答应给他权力与财富，雅典娜给他智慧，而维纳斯却答应给他天下第一美人海伦。巴里斯对美人最感兴趣，选中维纳斯。她果然帮助他拐走了希腊斯巴达的王后海伦。

落选小姐发火了

于是希腊诸王联盟去打特洛伊，天神们也分成两派，各助一边。朱诺与雅典娜当然帮希腊，维纳斯和战神马斯帮特洛伊人，大神朱比德则守中立。荷马把这些神道描写得极有人性，他们在战斗之前互相吹牛和辱骂。马斯骂雅典娜是"狗身上的苍蝇"，而朱诺则骂迪亚娜是一只母狗。后来朱比德准备使特洛伊人得胜，他妻子朱诺大为着急，于是拼命打扮，向丈夫献媚。朱比德神魂颠倒之余，坦白出来，说妻子胜过他七个秘密情妇，结果他也不去帮特洛伊人，最后是希腊人得胜。

所以，在荷马笔下，特洛伊之战是一场"选美风潮的余波"，不过落选的小姐们不是开记者招待会表示愤慨，而是叫人去殴打选美会的总裁判。

海伦是天下第一美人，但荷马只用简短的几句话来描写她的绝世美艳，那是在这部史诗的第三卷里。她到特洛伊城头去看丈夫曼纳劳斯和情郎巴里斯的角斗。她对丈夫、故乡以及在希腊的父母很是怀念，原作中说："这样，女神使她的心渴念着彼方的丈夫、她的城邦、她的父亲和母亲。于是她立刻用一块白纱罩在脸上，流了一滴大大的泪珠，从她的闺房中走了出来。"当坐在城头观战的特洛伊父老们见到她时，互相窃窃私语："特洛伊人和穿了甲胄的希腊人，为这样一个女人而受苦多年，实在不足为异。真怪，她的脸就像某个不朽的神灵。"

就这样几句话，激发了后人无限的想象。

海伦为什么不重要？

在荷马笔下，海伦并不是一个重要人物。事实上，她虽然是战争的导火线，但决不是真正的原因，这一点在影片中叙述得很清楚。希腊人之所以去攻打特洛伊，主要是为了争夺海上的霸权和劫掠特洛伊的财富，动机完全在于经济，夺回海伦只不过是一个借口罢了。那时是奴隶社会，女人在社会上是没有地位的。阿喀琉斯为了一个漂亮的女奴而大发脾气，成为全书的中心事件，然而那女奴是没有名字的。海伦虽然是王后，她的真正地位可并不比那女奴高多少。有人说："她丈夫为什么还要这个背节的女人？"

又有人说："她为什么不为巴里斯而自杀？"其实在当时这些王子贵族心中，海伦并没有自己的人格，她只是一件宝贵的货物，被大家抢来抢去而已。

赫克托夫妇

荷马真正着力描写的女人，是赫克托的妻子安杜玛契，她是《伊里亚特》的真正女主角。

我们在影片中看到她抱了幼子而和正要上战场的丈夫告别，赫克托英雄情长、儿女气短的感情，被描写得十分感人。安杜玛契替丈夫准备了热水，等他战胜了强敌回来沐浴，还给他做了一件绣花的新袍，然而他永不回来了。在影片中，赫克托抱住孩子，孩子害怕他的盔甲，赫克托说："但愿你生在一个和平的世代，不必再见到这种战争的东西。"可见这位英雄实在是憎恨战争的。

惊心动魄的大战

希腊人与特洛伊人大战的高潮是阿喀琉斯与赫克托的决战。

赫克托站在特洛伊城外，他父亲特洛伊王看见阿喀琉斯冲出来了，叫儿子进城，但儿子不听。双方的大英雄面对面地交战了。

天上的诸神也大为忙碌，讨论应该由谁得胜。赫克托初战失利，绕着特洛伊城奔逃，阿喀琉斯紧紧追赶，绕到第三圈时，众神之王朱比德拿出一个金的天平来，放上双方战士的命运，赫克托的沉下去了，他注定要死亡。

那位选美失败的雅典娜大为高兴，她从天上下去，变作赫克托的弟弟戴夫勒斯，假装相助。赫克托精神大振，回身再斗。阿喀琉斯一矛投来，赫克托头一低，长矛从头顶飞过，雅典娜使用隐身法，把矛交还阿喀琉斯。赫克托一矛掷去没中，他转身向弟弟要矛，弟弟却不见了。赫克托想到，原来这是天神欺骗了他，他注定要死了，然而他挺然不惧，拔刀上前，阿喀琉斯一矛刺中了他的项颈。

阿喀琉斯把死了的敌人缚在车后，绕特洛伊城一周。安杜玛契在城头看见丈夫的尸身给人这样虐待，登时晕倒在地，从新婚那天起一直戴着的饰物也掉下来了。等她醒来时，说的话实在使人心酸："啊，赫克托，我俩生得这么不幸。你苦，我更苦！但愿我从来没生在这世上过。"后来特洛伊城破之后，她的幼子又被希腊人所杀。城破之时，在兵戈喧嚷之中，人们可以听到"一个女人悲泣的远远的回声"。

电影把两人的决战也描写得十分惨酷激烈。只是饰赫克托那人身材太瘦，不够大将风度。

莎士比亚的作品

莎士比亚有一部剧作叫做《特洛阿斯和克蕾西达》（*Troilus and Cressida*），也是描写希腊攻打特洛伊城的故事。这位大诗人写这部剧作时心中充满了如火的愤慨，他痛骂希腊诸王子的狡诈不义，巴里斯与海伦的无耻贪欲，克蕾西达的背叛爱情。在他笔下，赫克托仍是慷慨仁义的大丈夫，他在决战中打了无数胜仗，脱下甲胄休息一会儿，阿喀琉斯忽然出现，乘他不备，卑鄙地将他一矛刺死。

荷马把希腊诸王写成英雄，而莎士比亚把他们写成恶徒。在这部影片中，希腊诸王的形象是依着莎士比亚的意念出现的。

影片对巴里斯很是同情，这种同情，他在以前任何文学作品中都没有得到过。

本片编与导都很成功，演员则比较弱。导演表现得最好的是战斗的大场面与木马的出现。希腊人千艘舳舻来攻，影片中以远处无数火光来表示，这是极聪明的手法，既省钱，声势又雄伟之至。

影片反对战争，向往和平生活，在这古典的故事中突出表现这个主题，很有意义。

在一九一〇年时，意大利拍过一部默片《特洛伊城之陷落》，轰动一时，是意大利第一部在美国放映的影片，当时认为场面异常巨大——临时演员八百人，木马高达十二呎。现在看来，当然是不足道了。

一九六五年二月二十三日

谈《凯撒大帝》

故事的来源

这部影片是根据莎士比亚的剧本《朱理士·凯撒》(*Julius Caesar*) 拍摄的。原剧有中文译本，商务印书馆出版的世界文学名著丛书中译名叫做《凯撒大将》，世界书局出版的朱生豪译本叫做《凯撒被弑记》。我以为译做《凯撒大将》比较妥当，因为凯撒并没有做皇帝，说他"被弑"不很贴切。称他为"大帝"，则有点像春秋笔法中的诛心之论，根据动机来判断一个人，也不符历史事实。

莎氏原剧的材料取自罗马历史家普罗塔克（Lucius

Mestrius Plutarchus）的《名人传》（*Parallel Lives*）中凯撒、勃罗特斯（或译布鲁图斯）、安东尼三人的传记（这部《名人传》香港一般西书店中都有出售，"现代丛书"本售价十七元五角，读者们如有兴趣，可以去买一本来看看）。它相当严格地遵守历史事实。

故事说，罗马大将凯撒得胜归来，罗马人热烈地欢迎他。罗马贵族凯修斯等人怕他要做皇帝，说动了勃罗特斯，大家在元老院中把凯撒刺死。勃罗特斯为人正直，罗马人相信了他的话，认为凯撒有野心，应该被杀。但凯撒的好友安东尼发表了一篇煽动性的演说，把罗马人鼓动起来反对勃罗特斯。勃罗特斯等逃出罗马。在战争中，勃罗特斯和凯修斯的联军被安东尼和奥克大维（或译屋大维）打败，勃、凯两人先后自杀。

语言的精练

有许多学校拿这剧本来做课本。因为这剧本文体优美简洁，在莎氏三十七个戏剧中是比较容易读的。这个戏是莎氏创作第二个时期末期的作品，这时他的写作技术已达到了最高峰。本剧在内容深刻这方面来说，远不及他后来的《哈姆莱特》（*Hamlet*）、《奥赛罗》（*Othello*）、《马克白斯》（*Macbeth*）、《李尔王》（*King Lear*）四大悲剧，不过谈到人物的刻画、戏剧的结构、语言的精练，后来的剧本并不见得比它更高明。尤其是对白，本剧写得精彩绝伦。这和题材与人物有关，因为剧中人都是罗马的大政客、大雄辩家，说起话来自然不同凡响。剧本中逻辑多于诗意、理智多于感情、演说家多于普通的人，是一个极为男性的戏。事实上，剧中女性占了很不重要的地位。

莎士比亚为了尽量表现剧中人的雄辩，一般对白多写得简洁而有力，许许多多句子都是全部用单音节的字。但因为用字用句过分精确了，感情的成分就相对减少。这个戏中没有《奥赛罗》中那种火一般的痛苦，没有《哈姆莱特》中如咬噬着自己的心那样的烦恼。

人物分析

　　然而即使是一个比较理智的戏，莎士比亚的天才还是把它写得使我们十分感动。他文采斐然的笔触碰到哪一个人物，那个人物就活了，即使只有几句对话的一个仆人、一个使者，莎士比亚都使他栩栩如生。

　　我第一次看这影片时，和我同去的一位小朋友不断问我："这个是好人呢还是坏人？"这一点实在很不容易答复。因为对这戏中的人物不能用简单的标准去判断，我们可以说，勃罗特斯是理想主义者，凯修斯是个人主义者，安东尼是机会主义者。我这样用现代的名词去描写这三个人，其实并不十分贴切，不过是便于解释。

　　勃罗特斯是正人君子，是罗马人中最高贵的人物。他决不做坏事。他所以刺杀凯撒，因为他知道凯撒的野心要危害到罗马。他自己是正人君子，因而相信所有的人也都是正人君子。他是冷静的哲学家，所有认识的人都尊敬他、信任他。然而他并不是一个实际的人，他不懂得安东尼的危险，这是悲剧的因素。

凯修斯的性格极为矛盾。他比勃罗特斯更热情，然而也更多的想到自己；他眼光锐敏，然而很不明智；他利用勃罗特斯，然而服从他的领导。凯撒很了解他，说他人太瘦，读书太多，思索太多，不喜欢音乐戏剧，看到别人比他伟大就心中不舒服。但在与勃罗特斯争吵时，我们感到了这个人的可爱处。他性格中弱点很多，但那是可以谅解的弱点。

安东尼则喜欢寻欢作乐，是体育家，是风流人物。他感情冲动，爱好冒险。和中国的人物比较，有点像曹操，可说是善于利用时机的"乱世奸雄"。但因为他没有曹操那一份冷静与坚决，终于失败在奥克大维手中（这一点在莎士比亚另一个大悲剧《安东尼和克丽奥派特拉〔*Anthony and Cleopatra*〕》中有动人的描写）。在本剧中，莎士比亚安排他的出场极有戏剧性。凯撒被刺后，安东尼去见那批胜利者。直到那时为止，安东尼只说了三十七个字，然而在别人口中，已有七处地方提到他，每一次提到都很重要。这是在观众心中先安排了强有力的伏笔，他一出场，人们自然极度地注意。

凯撒本人在剧中占的地位不多，他在第三幕开始时就被刺死，然而这个历史人物的影子始终笼罩着全剧。莎士比亚让我们看到凯撒的高贵、伟大与伤心，也让我们看到了他的虚荣、自负与愚蠢，甚至他一只耳朵的听觉不好也表现出来了。

罗马这许多政客互相斗争后都失败了。最后做皇帝的是奥克大维。他在剧中只出现了三次，说了大约三十句话（电影中只出现两次，话更少）。但这三十句话已注定了他的成功，其中表示了这青年人的冷静、实际、自制与坚决。这些品质是凯撒、勃罗特斯、凯修斯、安东尼等人所不能具备的。

一个朋友说："我知道这戏好，可是好在什么地方呢？一时却说不出来。"欧美有过很多学者分析和解释这位大戏剧家的作品，他们从许多不同的观点进行研究。有的研究他的文字，有的研究他的社会背景，有的研究版本和考据等等。我们谈话的这几位朋友都是电影戏剧界的人，再者我们也没有资格作专门性的研讨，所以我们的谈话主要是讨论戏剧的本身。

群众场面

电影开始是罗马市民在热烈地迎接凯撒归来，两个保民官骂他们忘恩负义，要他们回家，市民听了他们的话。这一场和以后的情节似乎没有什么联系，那两个保民官后来也没有再出现，好像把这一场删去也没有关系。其实这短短一场对整个戏是很重要的。它介绍了整个大环境，罗马市民没有明确的政治认识，极容易冲动。在这种情况之下，勃罗特斯的事业是没有希望的，罗马的共和政体是终结了，没有挽回的余地。这个戏首先就把构成这悲剧的社会背景提了出来。由于这场戏做伏笔，后来安东尼的演说与市民的受煽动，就显得十分自然。

有些批评家说莎士比亚轻视群众的智慧，在这个戏中把群众写成一批毫无头脑的暴民。其实罗马那时是奴隶社会，占人口大多数的奴隶在政治上并没有发言权，这个戏中斗争的双方都是统治阶级中的人物，被鼓动的群众也是当时社会中的统治者。再者，与其说莎士比亚轻视群众，不如说他对人类的弱点存着一种悲天悯人的情怀。

舞台技巧

莎士比亚的用辞遣句十分精简，观众可以意会的地方绝对不再浪费笔墨。例如凯修斯等人到勃罗特斯家里去劝他反对凯撒，观众们知道凯修斯会说什么话，所以在戏中，凯修斯把勃罗特斯拉在一旁，就省却了一大篇对话。这只是一个简单的舞台技巧，然而在三百五十多年后的今天，许许多多戏剧与电影的剧作者仍旧不懂得这一点，以致我们常常看到很多沉闷的、不必要的舞台剧和电影场面，观众早就知道了的话，还要让剧中人翻来覆去地啰嗦。

鲍细霞

狄波娜嘉（Deborah Kerr，或译黛博拉·寇儿）在影片中饰勃罗特斯的妻子鲍细霞（Portia）。这个人戏很少，然而我们在她身上看到了一个庄严勇敢的罗马女人。她或许不大聪明，她的美貌也有点衰退了，但我们深深为她的温柔和信心所感动。她有自信，然而即使是自信，也是温柔的。她说由于有一个著名的丈夫和著名的父亲而骄傲。电影中删去了原剧相当动人的一场，那是勃罗特斯出发到元老院去行刺凯撒，他虽然没有把这件事告诉妻子，不过鲍细霞已猜了出来。她叫童仆琉息斯到元老院去，琉息斯问她去做什么，她又说不上来。她感叹女人的心的软弱。她最后说："勃罗特斯啊，愿上天保佑你的事业成功。"这句话中蕴藏着很多的内心矛盾和冲击。狄波娜嘉没有机会表演这场戏，不免有点可惜。

高潮和转折点

戏的高潮是凯撒的被刺。在他被刺之前，有几个小曲折，增加了紧张，使观众更加提心吊胆。凯撒的妻子劝他不要上元老院，他答应不去了；预言者又提出了警告；学者阿替密多勒斯明白指出了危险；朴必力斯"祝你们今日大事成功"的话等等，都在增加高潮的力量。凯撒被刺之后，来了安东尼的仆人，这是全剧的转折点（摩尔顿、麦克柯伦、格尔维倍克等学者都认为这个仆人的出现戏剧性极强）。这件事说明安东尼已掌握住了勃罗特斯的弱点，勃罗特斯是正直的人，必定会以正直的态度对待政敌。

高潮一到达之后，立刻是反高潮。勃罗特斯成功后立刻失败。莎士比亚许多悲剧都采取这种急转直下的结构，使观众的情绪发生急剧的改变。

著名的演说

　　勃罗特斯和安东尼那两篇演说，许多人都背得出，这或许是历史上与文学上最出名的演说。勃罗特斯的演说是散文，有人认为不如安东尼的诗歌体演说有力，其实像："你们宁愿让凯撒活在世上，大家作为奴隶而死呢，还是让凯撒死去，大家做自由人而生？""我用眼泪报答他的友谊，用喜悦庆祝他的幸运，用尊敬崇扬他的勇敢，用死亡惩戒他的野心。"这些话岂不是精彩绝伦？安东尼的话所以更有力量，主要因为勃罗特斯是用理智来说服群众，安东尼却用情感来煽动群众。对于认识不清、头脑并不冷静的群众，煽动自然比说理是一种更有力的武器。

　　安东尼这篇演说，是在极端不利的环境中发表的，听众对他怀有敌意，他却要鼓动听众来反对他们所最尊敬的人。我们来看他用的是什么方法？

　　他这篇演说分成五段。第一段：先安抚群众，赞美勃罗特斯，使听众对他来势汹汹的态度缓和下来；然后用许多事实证明凯撒并没有野心；于是他借口哀伤过度，停顿片刻，让听众有时间来思索一下。有人认为他的话有相当道理了，于是第二段：他激起听众的好奇心，说凯撒有一张遗嘱，但内容不便宣布。第三段：他描写凯撒被刺时的悲伤，凯撒看到他最爱的勃罗特斯给了他一刀，这忘恩负义的一击使他的心碎了。这一段使听众流下泪来，也激起了怒火。第四段：他自己谦逊，捧听众的场，以满足他们的自尊心，最后把听众引到高呼暴动的路上。第五段：他再用物质的引诱来加强听众暴动的决心。

这篇演说组织之完美，实在使人叹服。对于政敌，他自始至终是赞美，然而这种讽刺性的赞美比痛斥更有力量。在另一方面，安东尼的雄辩有真实的情感做基础，他是深爱凯撒，是为凯撒的被刺而哀伤。他的演说所以动人，因为他说的正是他心中的话。

这篇演说是莎士比亚写的，我们能不敬佩他的天才吗？

精彩的争吵

勃罗特斯与凯修斯在军营中争吵这一场是文学史上著名的杰作，一般认为是全剧最精彩的部分。单就文学价值言，远在勃罗特斯和安东尼那两篇著名的演说之上。约翰逊认为本剧与莎士比亚的其他若干戏剧相比，显得冷漠而不动人，可能是因为他过分忠实于罗马历史，以致阻碍了他的天才，但"勃罗特斯与凯修斯的争吵与和好，是众所一致赞美的"。大诗人柯尔勒治说："在莎士比亚所有的著作中，没有哪一场比勃罗特斯与凯修斯那一场，更能令我相信他的天才是超人的。"这一场戏好在什么地方呢？主要是它动人的诗意、深刻的情感、对人性的刻画。

莎士比亚许多悲剧在高潮之后常有一个急遽的转变，然后是一个哀感的富于诗意的场面，和以前的兴奋激烈完全不同。在《哈姆莱特》，是奥菲丽亚的唱歌和自杀；在《奥赛罗》，是黛丝德梦娜伤感地唱《杨柳之歌》（这两场戏影迷读者们在电影中都看到过）。在本剧那就是这两人的争吵了。

他们在共同进行一件大事业，勃罗特斯由于自己极端的正直，责备凯修斯接受贿赂。凯修斯伤了心，袒开胸膛叫勃罗特斯刺死他。后来两人和好了，互相埋怨自己脾气不好，这里笼罩着一种自怜自伤的心情。拿了酒来，要谈正事了，凯修斯说到自己的烦恼，勃罗特斯直接地说："没有人比我更能忍受悲哀：鲍细霞已经死了。"他妻子的死讯到这时才说出来，真是惊人之笔，于是凯修斯侥幸自己刚才居然没有被他杀死。这个死讯的透露把争吵这一场的情绪再加强了一层，把勃罗特斯的英雄气概提到前所未有的高度。

戏的结束

戏剧的结束是勃罗特斯与凯修斯战败而自杀。安东尼称赞勃罗特斯是最高贵的罗马人，奥克大维则宣布："凡是跟从过勃罗特斯的人，我都可以接待他们。"他说"我"而不说"我们"，这一字之差，成为他与安东尼之间斗争的伏线，也预示了安东尼的失败和他终于成为罗马皇帝。

原剧中战斗的经过并不如电影中那样简单。双方领袖要见面而对骂一场，打仗时凯修斯被安东尼打败，勃罗特斯却打赢了奥克大维。这些场面的省略对整个戏并没有多大影响。我觉得，这部影片是尽了很大的努力要忠实于原作。它做了许多删节，那是不可避免的，因为舞台剧演出的时间普遍总比电影长。不过影片所删节的，主要是不妨碍人物个性和剧情发展的场景和对话。例如在原剧中，安东尼演说完毕之后，听众愤怒异常，要去烧勃罗特斯等人的房子。他们在路上遇到一个诗人，一问之下，他名字叫做辛那，其实他和刺杀凯撒的辛那毫无关系，群众不问情由就将他撕得稀烂。这短短的一场，莎士比亚是用来描写冲动的群众心理，电影把它删去了。因为在电影中，已可以用火烧房屋、群众愤怒纷乱等舞台剧无法表现的大场面表现出来，不必借助于这场戏了。

对电影的批评

忠实于原著，是这部影片很大的好处。导演的镜头运用朴实而有戏剧性，很发挥了舞台剧的优点。读者们如果注意，可以看得出电影中许多花巧，在本片中都故意避免使用。例如，两个人说话，一般电影中常常有下列情形：画面中看到甲的表情，听到的却是乙的声音。本片中很少有这种所谓"反应镜头"。因为莎士比亚的诗有很美很戏剧性的节奏，用许多镜头割裂开来会使它受到损害。

演说那一场拍得也不错。在古罗马，演说是一种很受人欢迎的艺术。就像现在有影迷、戏迷、球迷一样，那时候有一种人是"演说迷"。他们不大去注意演说的内容，却如痴如狂地欣赏和崇拜精彩的演说。假使群众的反应更狂乱些，镜头角度变化再多些（这一场拍得花巧些我以为是可以的），那么效果一定会更好。声音录得极好，群众的喧哗和演说家的话混在一起，然而成千人的声音并没有把演说家一个人的声音淹没。

为什么没有胡子？

服装和布景都有一种单纯而宏大的美，很有古罗马的气魄。有一位朋友忽然想到一个问题：刺杀凯撒的人都是元老，为什么元老却没有胡子？这个问题我当时回答不出。提出这问题的人的姐姐说他乱扯，专门在这种地方动脑筋。回家之后我翻了许多书，终于把答案查了出来。原来这是古罗马人的一种虚荣，与香港小姐们瞒年纪属于同一心理。书上说，古罗马的青年有许多爱留胡子，年纪大起来时，胡子渐渐变白。他们先把少数几根白胡子拔去，后来拔不胜拔，就索性剃去，所以元老反而没有胡子。古罗马人把头发拔在前额，据说是为了掩饰逐渐秃去的前额。听说这种发式现在的罗马又在流行了，说不定不久会成为香港男人的时尚呢！

尊吉格德

一位对戏剧很内行的朋友说："这部影片中不应该用尊

吉格德（John Gielgud，或译约翰·吉古德，饰凯修斯¹）。"我懂了他的意思，也很同意。因为一有尊吉格德，其他演员都显得黯然失色了。其他演员并不是不好，只因为尊吉格德太好。我是心中先存着一种对尊吉格德尊崇的心情走进戏院的，他在银幕上一出现，几句诗一念，本来很有才能的占士·美臣（James Mason，或译詹姆斯·梅森，饰勃罗特斯）完全给比下去了。尊吉格德读《哈姆莱特》、《罗密欧与朱丽叶》、《奥赛罗》、《莎氏十四行诗》（The Sonnets）等的唱片我听得很熟，一听到他那种充满着情绪的声音，心就会跳得快起来。在一本戏剧杂志上看到一则消息，说他最近在伦敦朗诵诗歌，不加化妆，没有布景，成千听众都为他的声音着了迷。上海电影界的一位朋友写信给我说，黄宗英的诗歌朗诵在上海近来红得不得了，工厂、机关、学校有晚会，总要设法请她去朗诵几首诗。真的，一位演员的声音一好，感动人的力量就大了很多很多。

尊吉格德的祖母是凯德·戴莱（Kate Terry），她饰演的朱丽叶是英国戏剧史中的一个大成就。他的祖姨是著名女演员爱伦·戴莱（中国读者知道她的人很多，因为她是萧伯纳的情人，他们的通信集最近有新印本出版）。爱伦·戴莱的儿子就是大导演哥顿·克雷，他曾应斯坦尼斯拉夫斯基之聘，替莫斯科艺术剧院导演《哈姆莱特》。尊吉格德承继了这优良的戏剧传统，再加上他的天才和努力（他今年五十三岁了，好像还没有结婚），成为英国的大演员。就像劳伦斯·奥利弗（Laurence Olivier）一样，他因演剧艺术上的成就而被封为爵士。一般认为，今日英美舞台上，只有奥利弗才可以和他匹敌。如果奥利弗来演影片中的勃罗特斯，大概观众们就不会有凯修斯反而是主角的感觉了。

一个小故事

全世界影剧界尊为表演艺术上最大大师的斯坦尼斯拉夫斯基，曾说到莫斯科艺术剧院演出《朱理士·凯撒》这戏的一个小故事。他自己饰勃罗特斯，有一次，一位临时演员（饰演向他呈递请愿书的人）请假，丹钦柯叫一个在市政机关中做书记的人代替。他以一个书记走向上司的步伐走上舞台，向斯氏现代化地一鞠躬，说："斯坦尼斯拉夫斯基先生，丹钦柯先生命令我把这个交给你！"然后他呈上罗马式的书板。斯氏说，他培养起来的情绪全部消失了，创造角色的种种努力，都变成了另一种努力，那就是忍住不要笑出来。

这小故事说明，只要全剧有一个演员不好，不论他是如何地不重要，都足以造成损害。也就是说，对于一个戏剧，每个演员都是重要的。戏的多少与演员表演的成功没有多大关系。《凯撒大帝》又是一个例子，尊吉格德排名是第三，他所演的角色也非主角，但由于他的艺术修养，缺少光彩与深度的占士·美臣、口齿不清的马龙·白兰度（Marlon Brando，饰安东尼）就显得远不及他了。

一九五四年一月十四日

谈《驯悍记》

"我知道莎士比亚是一位伟大的天才，但他为什么要写这种虐待太太的戏剧呢？他为什么这样看轻女人，说女人必须做丈夫的奴隶？请你详细地解释一下，因为我和我的同学们看了《刁蛮公主》后，都觉得莎士比亚看不起女人，对他大大的不高兴了。"

这是一位女学生读者写给我的信。既然对于小姐们，这个问题是这样严重，我就试着来解释一下，虽然，我的解释也未必会让她们满意的。

莎士比亚的原作叫做 *Taming of the Shrew*，是"驯服一个泼妇"的意思，朱生豪把它译作《驯悍记》。故事的梗概是这样的：

补锅匠史赖在酒店里喝醉了，一位贵族和他开玩笑，把他带回宅邸里。史赖醒过来后大家把他当大老爷看待，说他神智昏迷了十五年，现在总算清醒过来了。史赖弄得莫名其妙，大家却拼命奉承他，一个小厮化装成女人，自称是他的太太。后来叫了一班人来演戏，娱乐这位大老爷。

驯服泼妇就是这场戏中戏：意大利帕度亚地方有一个有钱人，有两个女儿，凯撒琳和琵茵珈。凯撒琳穷凶极恶，人人都怕，琵茵珈却温柔文雅，求婚的人很多，但她们的爸爸在把大女儿脱手之前决不肯把小女儿出嫁。后来彼得罗奇欧来了，向这位出名的泼辣女人求婚，也不等对方答应，就自说自话地和她结婚了。跟着来的是一连串的折磨：不给太太吃饭，不给她睡觉，不让她穿新衣戴新帽，可是这一切折磨却都借口说是为了体贴她爱惜她。在这样辣手的丈夫面前，凯撒琳终于服服帖帖地无条件投降了。后来彼得罗奇欧和他的连襟罗生奇欧及另一位朋友比赛，看谁的太太最听话，结果得胜的是彼得罗奇欧。

这戏中还有一段小插曲，就是罗生奇欧向琶茵珈求婚，他化装做琶茵珈的教师，而要他仆人假冒自己在琶茵珈的爸爸面前耍花枪。结果是求婚成功。

在表面上看来，这完全是一个闹剧，但深一层的分析，我们看到这决不是仅仅胡闹一场而已。故事并不是莎士比亚独创的，他取材于意大利诗人亚里奥斯托（Ludovico Ariosto）的一个戏剧。又如把穷人当做大老爷来寻开心，在别人饿得不得了的时候故意拿美食佳肴来引诱他而不给他吃等等，在阿拉伯的《天方夜谭》中也有类似的故事。据说莎士比亚没有看过《天方夜谭》，但这种民间传说在英国流行也是很可能的。莎士比亚剧作的故事情节全部取材于别人，但这丝毫没有妨碍他的伟大。他的伟大是在于作品内容的深刻和人性刻画的生动。《驯悍记》也是这样，重要的不是它的故事，而是它所包含的意义和戏剧中的人物。

莎士比亚的作品一般分为三个时期，《驯悍记》是他最早期的作品之一，其中充溢着嬉戏欢乐的情调，明朗的色彩，精神勃勃的人物。那时候距离他那几个大悲剧的创作时间还很远，他的才能还没有发展到巅峰，可是在《驯悍记》中已充分显示了他天才的痕迹。在更早一些的《错误的戏剧》（ *The Comedy of Errors* ）中，主要之点还在情节的错综复杂，而《驯悍记》的人物却活生生地凸出来了。甚至那个毫不重要的补锅匠史赖，也有他独特而完整的性格。

有许多文学家赞扬这个戏的结构。约翰逊说："这个剧本的两个故事结合得这样好，几乎是合而为一了。由于有双重的情节，看起来特别有兴趣，但注意力也不会因不相关联的事件而分散。"赫兹立特说："《驯悍记》几乎是莎士比亚喜剧中唯一有一个正常结构的戏。"

它的影响与意义

这个戏对后世戏剧的影响很大，像德国著名剧作家赫普曼的《舒鲁克和耶乌》（ *Schluck and Jau* ）就受到这戏很多启发。舒鲁克和耶乌是两个农民，一个贵族和他们开玩笑，使他们自以为是王子，后来玩笑开过，耶乌难以相信自己又是农民了。那时他说的一段话很有趣，也有意义。他说："他只有一个肚皮，我也有一个肚皮，他有两只眼睛，我也有，难道他有六只眼睛吗？王子和农民又有什么分别？"

现在要谈到《驯悍记》的意义了。莎士比亚写这个戏的用意是什么？关于这个戏的主题，曾有许多文学批评家谈论过，许多人提出了许多不同的意见。例如英国一位资产阶级学者杜基埃（G. I. Duthie）提出了"秩序与无秩序说"，认为莎士比亚主张维持现存秩序，戏中的悍妇凯撒琳代表现存秩序的破坏者，而更强的彼得罗奇欧则代表秩序的维护者。他说，丈夫与妻子之间的关系，在那时就是君主与臣民之间关系的象征，最后妻子对丈夫投降，就是正常的统治关系得到了巩固。我以为这种解释是把莎士比亚的思想庸俗化了，如果他的杰作只有这样肤浅的含义，那么这位伟大的诗人也决不能成为伟大。

苏联的三种解释

苏联著名研究莎士比亚的学者米·莫洛卓夫曾说："莎士比亚的创作所环绕的中心是人类。在莎士比亚的剧本中，最值得我们研究的就是人类性格的多面性。我们在某个人物中发现的特征愈多，我们也就愈接近真理。看起来似乎相互抵触的各种不同的解释，事实上是完全可以容许的……例如，哈姆莱特的性格，就在许多不同的解释中都有正确的表现。"关于《驯悍记》，苏联三次的主要演出中就有三种不同的解释。红军中央剧院的演出人保保夫认为，本剧是描写两个超出在他们所生活的鄙陋而胸襟狭窄的世界之上的人物。凯撒琳的泼悍其实是她意志坚强的反抗，彼得罗奇欧了解她远比一般装腔作势的女人（如她的妹妹琵茵珈）高尚，所以爱上了她，在"以毒攻毒"的行动中，两人互相了解了。在高尔基城的一次演出中，演出人考拉贝尔尼克认为本剧的要旨是外表与本质之间的对比，凯撒琳外表泼辣，其实心地善良，彼得罗奇欧外表粗鄙，其实品格高尚，以此类推。在罗斯托夫的演出中，演出人柴伐斯基把本剧解释为一切人都在装假，当凯撒琳和彼得罗奇欧彼此相爱而不再装假时，他们在周围虚伪的世界中成为两个真正的人。

这三种解释虽然各有不同，但有一点是共通的，那就是认为男女主角是高出当时令人窒息的中世纪黑暗社会之上的人。莎士比亚生活在一个经济和社会变动得非常厉害的时代，封建社会的基础开始受到新的资本主义关系的破坏，大批农民失却土地而成为流民乞丐，那是一个残酷的时代。莎士比亚在本剧中以开玩笑的方式嘲笑了当时世界的愚蠢和虚伪，描写了一对性格奇特、玩世不恭的高尚人物。当时他对社会的罪恶观察得还不深，所以本剧不像后来的《李尔王》那样愤世嫉俗，只是对旧社会加以嘲弄。

人的意志

莎士比亚的时代正是"文艺复兴"时期，这时候科学开始兴起，中世纪的神学开始崩溃了，这时候的人们不再迷信宗教，要求人的解放，相信人的意志比上帝的意志更重要，哈姆莱特就称人是"宇宙的精华，万物的主宰"（一幕二场）。《驯悍记》的主旨之一也是强调人的意志的重要。赫兹立特曾说："本剧很可爱的显示，自我意志只有对更强的意志才表示顺服。"彼得罗奇欧的话中充分表示了这种意志坚强的气概："你们以为一点点的吵闹就可以使我掩耳退却吗？难道我不曾听见过狮子的怒吼？"他说他听见过海上的狂风怒涛、战场上的炮轰、天空的霹雳、万马的嘶奔、金鼓的雷鸣，对女人的口舌毫不在乎。

从太太的发脾气联想到狮子的怒吼，这和我国说河东狮子吼倒是一样的。在我国文学中，描写妻子之泼悍的，古往今来我以为无过于蒲松龄了。《聊斋志异》中《马介甫》那篇里的泼妇，不但欺侮丈夫，连翁姑、小叔、丈夫的朋友都一起虐待，威风比凯撒琳大得多。蒲松龄的长篇小说《醒世姻缘》更以数十万字的篇幅来描写泼妇虐待丈夫的各种各样方式，他的弹词也有以泼妇为题材的。有人说，蒲松龄用各种文学体裁来表现这个主题，而且写得如此令人惊心动魄，一定是有感而发，说不定是夫子自道了。

是莎士比亚发牢骚吗？

我连带想起，莎士比亚写《驯悍记》，是不是也可能因为对他太太不满而在作品中发一下牢骚呢？关于莎士比亚的婚姻生活，所知很少，一般只知道他太太名叫安妮·夏达威，比他大八岁，他们结婚时莎士比亚十八岁，太太二十六岁。他们结婚结得很匆忙，可能那时他太太已经怀了孕。结婚不久生了一个孩子，后来又生了一对双生子，莎士比亚二十一岁时即到伦敦。太太似乎始终没有和他在伦敦共同生活。从这点仅有的资料看来，莎士比亚的家庭生活可能是不十分美满的。他另一部喜剧《第十二夜》

（*Twelfth Night*）二幕四场中有一段话，是公爵劝他的朋友与一个年纪轻些的姑娘结婚，他说我们男子虽然自称自赞，事实上爱情容易消逝，如和一个比自己年纪轻的女人结婚，就不会产生这种悲剧。小泉八云在东京大学的演讲录中，认为莎士比亚的私生活极好，他和别人一起玩乐，可是很有节制。假使作一个大胆的推想，说莎士比亚家庭生活的不幸福在文学生活上得到了补偿，我想也不是没有理由的。

好莱坞以前曾根据《驯悍记》拍过一部电影，是菲宾氏（Douglas Fairbanks，或译道格拉斯·费尔班克斯）和玛丽·毕福（Mary Pickford，或译玛丽·碧克馥）夫妇主演的，据说成绩很不错。这部《刁蛮公主》只采用了原作的一些情节，没有深入地表现莎士比亚的含义，就戏剧的艺术性而言，是一种比较肤浅而庸俗的解释。

一九五四年七月二十九日

谈《王子复仇记》

好几天前就收到一位读者的来信，他说："我以前曾看过一遍，这次重映准备再去看一遍。希望你像谈《凯撒大帝》那样，深入浅出的解释一下。"但这部旧片重映，映期不多，我不能花太多的篇幅来详谈，而更重要的是，我所知有限，实在没有资格来解释莎翁这部伟大的作品。俄国的大思想家赫尔岑说："要了解歌德和莎士比亚，你必须把你所有的才能都发挥出来，你必须熟悉生活，有过惨痛的经历，并且体会过浮士德、哈姆莱特、奥赛罗的痛苦。"了解都不能，哪里还谈得上解释？就像和一位朋友聊天那样，我在这里把我所想到的随便说一些吧。

登峰造极之作

一般认为,《哈姆莱特》(*Hamlet*,即电影《王子复仇记》所根据的原作)是莎士比亚最杰出的作品,在自古以来的全世界文学著作中,它与歌德的《浮士德》(*Faust*)并占登峰造极的最荣誉地位。正因为它博大精深,所以也极难了解。小泉八云叙述他阅读这部戏剧的经验说,他从小就能整段整段地背诵《哈姆莱特》,但数十年后每读一次总发现新的意义。他叫学生每隔十年读一次莎士比亚,因为一个人人生经验愈丰富,就愈能懂得莎士比亚的伟大。

《哈姆莱特》中的许多句子,有许多早已成为我们的口头语,例如"弱者,你的名字是女人",那就是哈姆莱特责备他母亲改嫁的名句(准确的译法应该是"水性杨花啊,你的名字是女人",但在我国不知怎样一向沿袭译为"弱者");又如"红粉忠魂未了情"的原名 From Hero to Eternity(从此处到永恒),是《哈姆莱特》中的句子;像"活着呢还是不活,这是问题"的独白,许多学生都是会背诵的。然而关于这部作品的真正含义,几百年来许许多多人写文章讨论阐述,却是见仁见智,各有不同。俄国的大批评家伯林斯基说:"如果你想说明莎士比亚每一个剧本中的优点,你就非得写一大本书不可,并且即使写成了,还是不能表达你想表达的百分之一,还是不能表达剧本的内容的百万分之一。"

戏剧中的冲突

近一两年来,苏联电影戏剧界关于戏剧中的所谓"无冲突论"曾有十分热闹的论争,因为对这问题发生了兴趣,我曾根据英国布莱特雷教授的分析,把《哈姆莱特》中的大小冲突,一条条地列举出来。这部戏(影片与戏剧原作的结局是一样的)开始是出现了鬼魂叫哈姆莱特复仇,观众的注意力一下子就被提起了,大家注意到这个基本冲突:王子的复仇是否能够成功?

假使我们把趋向于复仇成功的事件称为 A，趋向于失败的事件称为 B，那么我们看到这戏中 A 与 B 在不断地反复冲突：哈姆莱特假装因恋上奥菲丽亚而发疯，波罗尼斯马上就相信了，这是 A。下一场是国王对哈姆莱特的精神失常极为怀疑，不相信波罗尼斯的解释，那是 B。王子胜过了派来侦察他秘密的两个人，计划演戏（A）；他想到了自杀而作的独白，他对奥菲丽亚说的话被人听见了，国王决定送他到英国去（B）；演戏大成功，拆穿了国王的秘密（A）；王子在国王祈祷时没有杀死他，后来误杀波罗尼斯，使国王有充分借口来放逐他（B）……一直到戏完为止，这样互相激荡的事件紧紧地抓住了观众的心。成功，失败，成功，失败……这两种因素激烈地冲突，直到悲剧的顶点。

哈姆莱特的性格

有人问：哈姆莱特为什么不爽爽快快地杀死国王替他父亲复仇？那么他自己就可做丹麦国王而与奥菲丽亚结婚

了。这部戏里死了八个人，似乎是毫无必要的。这原因，完全在于哈姆莱特的性格。对这部作品后世所以有这许多不同的意见，基本上也是因为对哈姆莱特性格的理解不同所致。

有些人的说法十分荒唐：一位学者说，哈姆莱特是个扮成王子的女子，"她"爱着霍拉旭，所以对奥菲丽亚这样凶；又有一派的人说，哈姆莱特觊觎王位，那个鬼魂是他叫人假扮的。这些荒唐的说法不谈，比较正式的意见有下列这几种：一、外界的困难使哈姆莱特没法达到目的，以致发疯；二、他的主要困难产生于他的内心，他的良心与道德观使他失败；三、他志大才疏，用歌德的比拟来说，好像一棵橡树在一只宝贵的瓶里生长，终于把瓶胀裂；四、他想得太多，行动太少，毛病在于优柔寡断。舒莱格尔和柯尔勒治都是这种说法的主张者，屠格涅夫和伯林斯基也大致同意这种说法；五、由于他性格中忧郁的特性。那是布莱特雷教授的主张。

悲天悯人的先进人物

就我个人而言，我比较同意英国戏剧家哈莱·葛兰维派克、苏联学者莫洛佐夫等人的解释。他们认为，莎士比亚的时代中充满了苦难和不合理，莎氏笔下的哈姆莱特是一个热情的人道主义者，他眼见周围的虚伪和卑劣，幻想着公正的社会关系，同时又深深为自己无力实现这幻想而苦恼，而焦虑不安，而厌恨自己。他热爱人，称人是"宇宙的精华，万物的主宰"。可是在那个黑暗的社会中，人是那么不幸，于是悲天悯人的哈姆莱特体会到了最深刻的痛苦，就如剧中所说，他是"那广大世界中先知的灵魂，梦想着将来的事物"。

在英国戏剧界，劳伦斯·奥利弗与尊吉格德（在《凯撒大帝》中饰凯修斯）是演哈姆莱特的双璧。在香港可以买到尊吉格德全套哈姆莱特的唱片，读者们如有兴趣，可去买来与影片中劳伦斯·奥利弗念词的风格比较一下。在我自己，我比较喜欢尊吉格德，我觉得他的话中感情更为丰富深刻，吐露了一个更广大的灵魂的痛苦。

一九五四年九月十日

谈《罗密欧与朱丽叶》

乌兰诺娃于一九二八年在列宁格勒国立舞蹈学院毕业，展开了她光辉的艺术生涯，二十多年来，她在芭蕾舞剧中创造了许多成功的角色。批评家们认为就情感的强烈和细致、内心的丰富和深刻而言，她饰演的朱丽叶超越了她以往的任何角色。这是她经过了长期的钻研和练习而得到的结果。在这个人物之中，她集中了以前许多角色的精华："琪赛尔"的天真和单纯的爱恋、"雷梦达"的勇敢和忘我、"考莱丽"的热情、"玛丽亚"的高傲的沉闷。她演出的朱丽叶有许多互相矛盾的女性性格：羞怯和大胆、稚气和成熟，然而自始至终显现着纯净的圣洁。她完美地体现了莎士比亚笔下这个可爱的女性。我想，也正因为莎士比亚是如此丰富的描写了朱丽叶，所以乌兰诺娃在创造这角色时有了极好的依据，这是她在饰演其他角色时得不到的。要设想《天鹅湖》中的那只天鹅有什么复杂的内心活动和性格发展，那未免是太困难，而且也是不合情理的吧。

柴可夫斯基曾想以《罗密欧与朱丽叶》为题材来写一个歌剧，他那时写道："罗密欧与朱丽叶由沉醉于爱情的孩子，变成了彼此热恋、痛苦，最后陷入了悲剧性的绝境的成人。"这部芭蕾舞纪录片很好地发挥了这位大音乐家的思想。在《大歌舞会》中，我们曾看到了这部舞剧的两个片段（"维隆那街上斗剑"与"情人的分别"），当时我想，几时能见到拍摄全部舞剧的影片就好了。现在终于见到了，虽然原来的舞剧在舞台上要演出三小时，拍成电影仍旧不免有所删节，但最主要的、最精彩的部分，我想都已包括在影片之中了。影片很鲜明地表现了这个悲剧中的人道主义，歌颂坚贞的性格和真诚的爱情。

有一些简单的片外发声的解释（那是孙道临念的，似是根据曹禺的译文），影片中的角色却都不说话。他们用手势和舞姿来叙述故事，来表达性格，来展示各人复杂的内心活动。这个舞剧表现了两个世界：一个是蒙太古和凯布莱两个家长所代表的黑暗时代，这是愚昧、专横和残暴；另一个是这对情人与劳伦斯所代表的早期文艺复兴时代，强调着人的重要和心智的解放。一方面是黑暗的封建礼法和残酷仇杀，一方面是同情和爱，是对封建统治的反抗。这两个世界的冲突是这个舞剧的基本冲突。剧中人不说一句话，然而他们是如此动人的表达了这个冲突。

舞蹈化的大斗剑

音乐的作者是普罗可斐耶夫（他是本港音乐工作者夏理柯教授的同班同学，可惜已在三年前逝世了）。在写这芭蕾舞剧之前，他曾以这悲剧为题材，写了两个交响组曲以及好几首钢琴曲。舞曲本身就是一个杰作，在看这部影片的时候，别忘了同时欣赏音乐。

影片开始时是维隆那城的早晨，显现在眼前的是一场生气勃勃的现实的景色，两家仆人发生了斗殴，扩大而成为两家全面的争斗。你几乎难以相信，在舞台上怎么能够如此大规模地斗剑。斗剑时所有的演员们仍旧保持着舞蹈的姿势，正如我国京剧中那些武打场面一般，既要打得紧张激烈，又要动作优美好看，其中充满着有趣的想象。我想单是设计这场舞蹈化的比剑，就得花极大心力。最后是市民与公爵阻止了流血的争闹。这一场是用现实的手法来表现的，银幕上有巨大的群众场面，很正确地刻画了人民的形象，表示普通人民对这两家望族无聊的世仇存着很大的愤慨，表示作者的意愿是与普通人民相一致的。

少女的成长

乌兰诺娃所饰的朱丽叶出场了，那是一个欢乐的少女。她顽皮地跳上乳母的膝头，完全是一个爱娇的、有点给宠坏了的孩子。她简直有点胡闹，把椅子都弄倒了。普罗可斐耶夫称这一场为"少女朱丽叶"，音乐愉快活泼，一串高上去又低下来的欢乐乐章，夹着许多轻松的短促敲击，就像旁边有人在拍手赞赏。

她母亲谈到巴里斯的求婚，朱丽叶脸上的欢乐消失了。她遇到了生命中一个新的阶段，乌兰诺娃表现出她的激动和迷惘。她母亲引她去照照镜子，告诉她，她年纪已经不小了。乌兰诺娃站在镜子前面，第一次觉察到自己身上闪耀着女性的美，她又惊又喜，意识到了生命的变化，自己已从一个孩子成为少女，她抚摸着自己的胸部，感到了成长（在巴金的《家》中，鸣凤在半夜里也曾有过这种突然的自觉）。乐队首次奏出了命运的主题，那是用提琴和英国号所奏的几个短促的片段，预示着她成长了，生命中的悲苦就要降临了。电影中的特写镜头使我们清楚地看到了乌兰诺娃脸上和眼睛里细致的变化。如果是在苏联看这个舞剧，这种变化只怕只有坐在前几排的观众才能见得到吧。

悲剧的端倪

以后是凯布莱家里的舞会，音乐变得热闹而洋溢着色彩。音乐与舞蹈中表现了一种对比，老一辈的贵族与太太们跳着华丽而庄严的小步舞，而在远离舞厅的角落中，却聚集着一些自由活泼的青年，高高兴兴地寻欢作乐。朱丽叶在巴里斯的陪伴下进来了。音乐是四分之三的节拍，朱丽叶显得相当顺从，然而不论在音乐与她的步伐之中，都没有丝毫欢乐的气息，要到她与女伴们一起跳舞的时候，愉快的情调才又显现出来。这表示什么？表示她对巴里斯只有无可奈何的义务而没有爱情。她进入舞厅这一段，虽然只是短短的一瞬间，然而已显现了悲剧的端倪——难道要嫁给一个自己所不爱的人吗？

情侣的初会

随后，戏剧中的高潮来临了，朱丽叶会见了罗密欧。

音乐中出现了抒情的诗意，弦乐器奏着"如歌的"曲调。普罗可斐耶夫通过朱丽叶的眼睛来描写这场会见，所以音乐中出现了代表她的主题，不过这主题的旋律虽然相同，气氛却已全然两样。以前的顽皮与嬉笑消失了，成为一种温柔的冥想性的情调。在音乐中，我们似乎可以听到那含情脉脉的注视，而这种盈盈眼波确是在乌兰诺娃的眼中见到了。

这出芭蕾舞剧的设计人拉佛洛夫斯基关于这一场写道："根据莎士比亚，朱丽叶是被罗密欧的声调迷住的。要把这一点翻译成为舞蹈，我必须这样做：当罗密欧与朱丽叶共舞时，他的面具跌了下来，她见到了他的脸。罗密欧的美貌激起了她的情意。这场哑剧舞的节奏变成为慢板，当他们最初共舞时，跳的也是慢板。"

"慢板"（Adagio）是芭蕾舞中一种十分优雅的表现形式，《天鹅湖》第二幕中王子与白天鹅初会而表达爱意时，跳的也是慢板。在本剧中，乌兰诺娃在这慢板里吐露了一个少女的心情，正是《西厢记》中所说的那种"又惊又爱"的心灵上的激动。然而即使在诗意的温柔之中，我们还是可以分辨出来，这是一个少女的初恋而不是成熟的恋爱，她爬到罗密欧的胸上，爬了一次又一次。

著名的阳台场景

在莎翁笔底，这对情人在阳台上的倾诉，是爱情中的千古绝唱，要把它用音乐与舞蹈来表现而要达到同样高度的艺术水平，未免有点强人所难。这一场舞蹈似乎没有充分发展，但在这对情侣的舞姿之中，我们已感到了这一场的中心思想，就如莎士比亚所写的："我的恩情如海洋那样无边无际，我的爱也像大海那样深；我给你愈多，我自己有的愈多，因为这两者都是无穷无尽。"

苏联两位批评家（H·埃利亚施、C·伊瓦诺娃）认为，这场慢步舞是在幽暗的、微带象征性的背景上拍摄的，因而非常富有诗意。对于这对情侣来说，外界好像已经不复存在，心目中只有那纯洁、天真和崇高的爱情。相形之下，花园中那些粗糙而复杂的布景就完全不必要了。舞蹈艺术的本性，要求简洁而概括的背景，过分臃肿与五光十色的背景是不适宜的。

婚礼与分别

以后是这对情侣在劳伦斯神父的小室中举行婚礼。我觉得这是全剧最杰出的部分之一。小提琴、木箫和竖琴平稳地奏着，上面飘浮着用笛子吹奏的一个温柔的调子，如果用心听，我们还能发觉曲调之中竟有一点令人忧伤的感觉。

舞蹈设计人的意念实在精彩，这对情侣的动作十分单纯，但是充满着庄严，甚至有一点儿神秘。朱丽叶用足尖轻轻走向神坛，似乎生怕扰乱了这圣洁地方的和平与宁静。她在圣母像之前身子前倾，作了一个表情丰富的Arabesque，然后，在这个原姿势下跪了下去祷告，站在身后的罗密欧支持着她身体的重量。

"情侣的分别"这一场我们在《大歌舞会》中曾经见

过，里面所包含的那种难分难舍、缠绵悱恻的情感，恐怕是任何舞蹈中所从来没有过的。开始是一个短短的音乐引子，那是最初维隆那大公出现时的音乐，这表示，罗密欧是已被大公放逐了的。罗密欧拉开了窗帘，说天已明了，必须走了。她却把窗帘拉上，执拗地说，这还是黑夜，我不许你走。这种执拗，还是孩子气的，要知道朱丽叶只不过十四岁啊！

性格的逐渐形成

以后各场是朱丽叶的性格一步一步地向前发展，逐渐逐渐地坚强。她勇敢地为自己的爱情而战斗，这一点在下面两场中表现得最为明显：巴里斯离去之后她与父母之间的争执，以及最后她一个人留在房中所感到的寂寞与绝望。

她奔跑着去找劳伦斯神父。乌兰诺娃的奔跑中表现了无可奈何，亟求帮助。电影导演与摄影师在这里也有很大的功劳，在舞台上面，我想气氛决没有这样好（摄影师之一的陈友兰是中国人，听说就是陈丕士先生的胞妹）。光线、镜头、摄影角度的多样变化和飘起她斗篷的风，使人印象很是深刻。

在劳伦斯神父室中，她倾诉着她的不幸，我们见到她做了一个孩子气的要自杀的姿势，拿起匕首来指向胸部。（难道这是不幸的预兆吗？）她拿了睡药回到自己卧室里，音乐中出现了一个新的主题，那是铜乐的强烈敲击，表现了异常的勇敢与坚决，这是朱丽叶精神上的新生，是她心灵上从来没有达到过的高度。正如乌兰诺娃在一篇文章中所说："在这个角色之中，我看到有某些精神上的品质，在另外的环境之下，会引导她做出极度英勇的爱国行动。"她能够为自己所爱的人而斗争，也应该能为自己所爱的国家而斗争。

死了，还在舞蹈

她喝了药，被放在坟穴之中。B·哥罗保夫对这一场的批评说："朱丽叶在舞蹈，甚至当罗密欧在坟穴中举起她的尸体，温柔地抱着她的时候，她也是在舞蹈。"对于一位舞蹈家，说她在成为尸体之后还是在舞蹈，那恐怕不能有再高的赞扬了。

除了乌兰诺娃之外，我觉得最成功的是那有趣的莫克修（C·科连饰），他既表演了一个快乐的、无忧无虑的角色，同时舞姿是十分的灵巧优雅。相形之下，饰演罗密欧的日达诺夫就有所不如了。

一九五六年五月三十日

谈《理查三世》

　　《理查三世》(*Richard III*) 的上映，在英国与美国电影界都是一件相当轰动的大事，但在香港，似乎并没如《王子复仇记》和《凯撒大帝》那么受注意。原作比较不出名，或许是原因之一。但总的说来，这还是一部值得比较详细谈谈的影片。

原作的评价

　　《理查三世》是莎士比亚最早期的作品之一，那时他的戏剧才能与对人生的洞察力还没充分发展。悲剧的主角理查就像另一部早期作品中的罗密欧那样，性格从开始到结束没有多大变化，也没有强烈的内心矛盾与冲突。有些批评家指出，理查开场一段独白虽然精彩绝伦，但就戏剧结构而说，那只是平淡的介绍，并没有推动剧情的急速开展。然而这剧本把一个政界的大坏蛋描绘得神采奕奕，在莎士比亚戏剧中所有的政治人物里，理查三世最为突出。他生龙活虎般的行动，才气纵横的计谋，不禁令人为之倾倒。

英国著名的文学批评家约翰·巴尔默（John Palmor）在《莎士比亚的政治角色》一书中分析了理查三世所用的各种政略，他说，近几十年中许多政界领袖的手腕和行动，有许多地方实在与理查三世没有分别。这是因为莎士比亚观察敏锐，挖掘到了这个"奸雄"灵魂的深处。尽管现代的环境与当时完全不同，但政治上"奸雄"的性格，并没有多大区别。在莎士比亚的各个历史剧中，《理查三世》可以说是艺术性最高者之一。英国每一个大演员都以一演驼背理查为荣。在电影《戏国王子》中，我们就曾看到名演员布斯演出理查的情况。

戏中的历史背景

　　戏中人物众多，事件复杂，最好先了解一些英国当时的历史情况，才不致被弄得眼花缭乱。简单说是这样：英国史上有一个争夺王位的内乱"玫瑰之战"。一方是兰开斯特家族，另一方是约克家族。那时兰开斯特家族的亨利六世在做国王。驼背理查怂恿他父亲约克公爵起兵，在战场上，理查奋勇当先，大获胜利。但约克公爵被敌人杀死了，理查却杀死了亨利六世和王太子，拥戴自己的哥哥爱德华即位。这样，王位到了约克家族手里。理查野心勃勃，大诛异己，在爱德华四世死后自己即位。最后兰开斯特家族又有一个亨利起兵，杀死了理查而即位，称为亨利七世。亨利七世娶了爱德华四世的女儿做王后，两个王族合而为一，扰乱多年的封建战争得以停止。亨利七世之后是以杀妻闻名的亨利八世，亨利八世的女儿就是著名的伊丽莎白女王一世。莎士比亚是伊丽莎白女王时代的人，那时英国国力鼎盛，黄金时代正在开始。

戏剧的主题

据剑桥大学的蒂尔耶德博士（E. M. W. Tillyard）在《莎士比亚历史剧》（这部著作被认为是近代关于这方面的权威）一书中的考证，莎士比亚这些历史剧极受当时一位历史学家赫尔的学说的影响，认为英国从分裂到统一是实现了上帝的意旨。莎士比亚一系列的历史剧确是描写了英国从分裂、内战到统一、和平的经过。但我想，如果说他是在宣扬上帝的意旨，不如说他反映了当时社会和人民的普遍要求更为适当。英国的经济正在急遽发展，中产阶级和平民都希望国家和平统一，反对封建割据和封建性的内战。莎士比亚在这一系列的历史剧中歌颂了和平统一，拥护能使人民安居乐业的政治环境。使他这些剧本成为不朽的，是他对于人之性格深入的刻画。

理查的性格

理查是一个有极大才能的奸雄。他只相信权力，没有任何道德的考虑。萧伯纳认为这戏中理查的三句话十分重要："良心，那只是懦夫所用的字眼。最初所以发明出来，是为了要使强者有所畏惧。我们有力的手臂就是我们的良心，刀剑就是我们的法律。"萧伯纳说，尼采的全部哲学就包括在这几行诗句之中。

理查最大的乐趣是玩弄权谋。因为他比当时所有的人智力更强、行动更果决，所以无往而不利地抓到了权力。希特勒，多么像理查啊。在我国近代的政治史上，不是也有这样的人吗？这种人谋杀政敌，出卖朋友，任何坏事都敢做，只要对自己有利。有人分析，许多观众所以喜欢看这个戏，因为这戏使他们经历了一个"道德的假期"，什么仁慈、信义、友爱，一切完全不顾，只见主角大踏步地朝着他的目标前进。影片在美国卖座奇佳，或许这是原因之一。

我国历史上不知道有多少像理查那样的君主，为了做皇帝而杀死兄弟根本算不了一回事，甚至可以说：不杀兄弟那才是例外。莎士比亚找到了这种人性格中的特点，以极高妙的艺术手腕表现了出来。

初显身手

电影开场时是爱德华四世加冕（那本来是《亨利六世》第三部〔Henry VI, Part 3〕中的最后一场），这时理查已杀了敌方的国王父子，建立了殊勋，此后运用权谋的第一个对象是他哥哥乔治。乔治本来是一个无恶不作的坏蛋，电影中的尊吉格德把他演得太崇高了。要知在这部戏中是完全没有好人的，一群大坏蛋在尔虞我诈的斗争，而所有的坏蛋都不是驼背理查的对手。在争夺王位之战时，乔治曾背叛他的哥哥爱德华。他的被处死并不引人同情（虽然不免觉得可怜），观众感到兴趣的，是看理查怎样大显身手。戏剧的主旨不是描写善与恶、是与非的斗争，而是在"黑吃黑"的残杀中暴露人的性格。

引诱安妮

使美丽的安妮屈从于自己的意志，是驼背理查的得意杰作之一。理查对安妮当然没有爱情，性的欲望也并不重要；在政治上，与她结婚固然有利于实现他的计划，然而在引诱的过程中，理查也不着重这一点。最使他发生兴趣的，由于这是一件难事。他杀死了她英俊温雅的未婚夫（王太子），杀死了她未来的公公（英王亨利六世），正在她扶着公公的灵柩哀哭时（电影将棺材中的尸首改为是她的未婚夫，使感情更为激荡），他却去向她求爱！更何况，他是一个十分丑陋的驼子。他说："哪一个在这种心情下的女人曾被人追求？哪一个在这种心情下的女人曾被人追到手？"但他用坚强的意志、雄辩的口才、巧妙的进攻，使安妮茫然不知所措，终于屈从于他。

安妮决不是性格放荡，甚至不是软弱，而是落入了一个智力极高、意志极强的人掌握之中，摆脱不了，逃避不了。理查加之于她的，不是体力上的强暴，而是意志上的强暴，是更加压倒一切地摧毁了她的抵抗力。

劳伦斯·奥利弗和嘉运·宝琳（Claire Bloom，或译克莱儿·布鲁）这场对手戏是全部电影中最精彩的片段。

杀希史丁斯

理查除掉希史丁斯时手段之辣，可以说是流氓政治的典范之作。他事先查到希史丁斯对自己的计划不赞同，于是召集会议。他故意迟到，向希史丁斯客气一番，然后与主教提些闲事，要他去拿杨梅来大家一起吃。希史丁斯毫不提防，觉得理查今天的心情好极了，同时以自己被当做是他的密友而得意。哪知突然之间，理查闪电般提出了指控，他还没来得及自辩，理查已下了斩首的命令。

导演处理这场戏时巧妙地运用了一张长桌，使出席会议的人一个个地离开他，后来，希史丁斯孤零零地处在长桌的一端，另外的人都聚在另一端。观众一瞥之下，就知道他的命运已决定了。这种形象化的表现方法，在电影艺术中是很重要的。

杀白金汉

白金汉是理查最得力的助手。他一言一动，都极力模仿领袖的模样。他宣布拥戴理查做国王，群众毫无反应，他派在群众中的流氓就高呼："理查万岁！"但当理查即位之后提出要杀两位小王子时，白金汉却迟疑了一下，说要考虑。理查决不容许别人迟疑，他马上派人去干杀人的勾当，当白金汉再来表示同意时，理查已故意显得毫不感到兴趣。白金汉一再提到他先前答允过给他的报酬。我们或许会觉得白金汉很蠢，这要求提得多么不合时宜，但仔细一想，这实在是最好的时机。白金汉抓紧了机会，要以同意杀小王子来交换理查诺言的兑现。哪知理查比他高明得多，他不容许部下对他要挟，也不容许部下有丝毫的迟疑。

杀小王子

理查做了国王。但按照传位的规矩，国王应该是他侄儿做的。他决不容许那两个小王子活着，这是十分现实的事。两个小王子是否嘲笑他的残疾，那并不重要，不过这场戏很有戏剧效果，透露了理查的心情。他叹道："这样小而这样聪明，人们说那是活不长久的。"我国京戏的"贺后骂殿"情况与这段戏很有相同之处，赵匡胤突然暴死，他的弟弟赵匡义接位（大概赵匡胤是被赵匡义害死的，所谓"烛影摇红"，成为历史上一个疑案），首先就非把王太子逼死不可。

英国有许多批评家觉得理查各种罪行中，杀害小孩是最令人不可容忍的。约翰逊博士和柯尔勒治两位大文学家所以对《理查三世》这个剧本批评恶劣，主要似乎是从道德观念出发的。其实我们看一下现实的政治情况，如果理查不杀死小王子，那才不合理呢。李世民在玄武门之变中杀了做皇太子的哥哥建成，也决不能让建成的儿子活下来。

英明如唐太宗者尚且如此，何况理查？

转变和结局

　　理查做了国王，他的才能已没有发挥的地方。就在这时候，他生命中的软弱与阴暗开始了。有人认为莎士比亚写到他做了国王之后，以后的各场戏就大为减色，再没有机智的火花和才华的光芒。其实，这不是莎士比亚后劲不继，而正是这个悲剧的本质，是理查这个人深刻的个性。他拼命往上爬，爬到了顶峰之后，一切才智和意志突然之间消失了。他会突然失却自我控制，会更改发出了的命令。他在醒觉时从没受过良心的责备，但鬼魂在他梦中出现了，这表示在他下意识中，他还是会因自己的恶行而感到不安的。最后他是在战场上战斗至死，死得十分英勇。他临死时大叫要用一个王国来换一匹马，萧伯纳指出，只要能保持战斗的狂喜，理查愿意用十二个王国来交换。

　　理查其实并不喜欢做国王，他是喜爱在争夺王位时的这一切战斗。

电影拍得怎样？

整个说来，是一个成功的改编。但错综复杂的政治关系还不够单纯化。配音过于庄严，没有阴沉和讥嘲的意味。最大的缺点，似乎是没有使观众感到对理查有一种不自禁的钦佩，因而失却了悲剧意味。英国大批评家查理士·兰姆称他为"崇高的天才，神通广大、深刻、机智、多才多艺的理查"，在银幕上就如同我国京剧舞台上的曹操，奸恶掩盖了枭雄的才气。

一九五七年四月四日

谈《第十二夜》

真正的主角

　　莎士比亚所以成为文学上百世的宗匠，决不是由于他作品中情节的离奇曲折，而是由于他对人性深邃的了解与刻画。他所有戏剧的故事情节，都是从别人作品中得来的。《第十二夜》(*Twelfth Night*)中双生兄妹的离合，以及薇娥拉—奥西诺公爵—奥丽维亚伯爵小姐—瑟巴士西这四个人之间错综的恋爱关系，都是根据旧有的故事而发展出来，至于小丑与管家马伏里奥等人之间的胡闹，则是莎士比亚自己的创作。

表面上，故事的重心是薇娥拉等四人的爱情纠葛：女扮男装的薇娥拉爱着公爵，公爵爱着伯爵小姐，而伯爵小姐以为薇娥拉是男子而倾心于"他"，后来薇娥拉的双生哥哥瑟巴士西到了，由于他面貌与妹妹一模一样，伯爵小姐误以为是她爱人而与他秘密结婚，事情揭穿后薇娥拉终于嫁给了公爵。但许多批评家都认为，这个戏剧中最重要的角色不是这四个主角，而是伯爵小姐家里的管家马伏里奥。

新与旧的冲突

　　在莎士比亚后来更伟大的《威尼斯商人》(The Merchant of Venice)那个戏剧中，有一个类似的情形，在那盘剥生利、要割人一磅肉来还债的歇洛克旁边，剧中正面人物的角色反而显得没有了光彩。在莎士比亚的时代，英国的资本主义正在开始发展，新兴的商人阶级与旧贵族之间的冲突已表现得相当尖锐。不论在经济生活与文化、思想各方面，都是新与旧激烈地冲突着，《第十二夜》的背景是一个仙境般的国家，风景如画，人人都在快乐的生活，唯一的苦恼只是恋爱上的失望。莎士比亚在这戏中没有接触到社会问题或是普通人民的疾苦，然而因为他是一位伟大的现实主义作家，所以即使在这个神仙故事般的美丽传奇之中，还是灌注着当时英国的人物、思想和感情。到后来的《威尼斯商人》，资产阶级与贵族之间冲突，那是比《第十二夜》更加尖锐和富于戏剧性了。

两种人的对立

这个戏中的管家马伏里奥是一个精明、富于才智、生活严格的人，就像英国新兴的资产阶级那样，他们出身低微，然而不择手段地要往上爬。和他对立的是一群寄生虫：依附佐女伯爵小姐过活的托贝爵士，智力和道德无可再低的安德莱爵士，以供别人取笑揶揄为生的小丑等等。在伊里利亚这个国家中，马伏里奥是少数，不论在性格和思想上，他与公爵、伯爵小姐，以及其他的小丑仆人都是截然不同的两种类型的人。公爵的脑子中只有音乐和恋爱，伯爵小姐心中除了骄傲和爱情之外便一无所有。托贝爵士喝醉了酒唱歌胡闹时，马伏里奥前来干涉了，托贝爵士反唇相讥道："你以为你道德高尚，人家便不能喝酒取乐了吗？"这是这个戏中一句很出名的话，代表着两种对生活的态度。一种是没落贵族的胡闹与享受，一种是新兴阶级刻苦而不顾一切地力求上升。马伏里奥并不是商人，但他手中显然握着一部分经济权。

托贝等人设计了一个圈套来作弄马伏里奥，假装小姐写了一封情书给他，使他神魂颠倒，信中有三句话："有的人是生来的富贵，有的人是挣来的富贵，有的人是送上来的富贵。"这三句话在戏里曾一再提及，那不是没有原因而予以强调的。生来富贵的是贵族，挣来富贵是马伏里奥本来的目标，现在突然得到小姐垂青，那是送上来的富贵。他这种人，是不择手段地要得到富贵，现在富贵忽然从天而降，自然是要疯疯癫癫而不能自已了。

表达内心世界的独白

莎士比亚由于对人性的洞察，深刻地描写了马伏里奥这个形象。使这个人神魂颠倒的，并不是伯爵小姐的美丽与爱情，而是她所代表的富贵。他在那段著名的花园独白之中（可惜这段被赫兹立特等大文学家击节赞赏的独白，在电影中被删去了），想象着小姐嫁给他之后，他是如何的威风，有怎样的地位、权力和珠宝。就在这时，伪造的情书投到了他的脚边。

影片对这个剧本的解释和大多数批评家的意见是不同的。电影把马伏里奥描写为一个糊涂而骄傲的傻子。在原作，他是一个野心勃勃、不安本分的管家，本来就在幻想与小姐结婚。因此他先有一番表露野心的独白才收到情书。影片的处理是，让他所以陷入圈套，完全是由于旁人的诡计，变成单纯是一种情节而不接触到人物的内心世界。当然，对莎士比亚的剧作，容许各种不同的解释与处理，《哈姆莱特》、《奥赛罗》等名剧在英国、苏联舞台上演出时，导演们对主题思想的理解常常是不同的。本片的处理比较单纯，任何观众都能接受。几个人作弄一个傻瓜，他上了当，演出了一幕趣剧，那自然滑稽得很。如果像马克·凡·杜伦（Mark Van Doren）所分析的，要在这两种人的冲突中表现"旧的世界抗拒新的世界，喝酒打嗝与忧虑叹息的生活企图漠视后起的清教徒式的、有效率的生活"，那当然要深刻得多，但也困难得多。本片既然将重点放在薇娥拉身上，对马伏里奥内心的刻画就不能给予太多的篇幅。

悲剧意味

英国的诗人与散文作家兰姆认为马伏里奥是冷酷、庄严、过分的规矩。不过他的道德放在伊里利亚这国土中却不适合。"甚至在他被监禁起来的那种荒诞的状态之下，某种性质的伟大仍旧没有离开他。"他说，在著名演员宾斯莱

（Vasili Merkuryev）演出这角色时，总觉得他性格中有一种崇高的悲剧意味。

当优秀的演员演《威尼斯商人》中的犹太人歇洛克时，常也在角色身上带着一点凄凉的气质，使人在憎厌之中不自禁的有一些同情。当然，要演到这样的深度，那是极不容易的事。

清教徒

在莎士比亚之后不久，英国爆发了由克伦威尔领导而由资产阶级支持的、打击封建贵族的战争。克伦威尔是清教徒，他的部下也以清教徒为主力。在《第十二夜》中，马伏里奥曾不止一次地被骂为清教徒。在莎士比亚那时代，清教徒代表着一种新兴的经济阶层与生活方式，他们反对封建的腐化与享乐，但也因此而常常走到了另一个极端，严酷得不近人情而为人讨厌。

《第十二夜》在英美上演时，由于资产阶级的思想在社会中占着统治地位，马伏里奥这角色所得到的同情，似乎超过了莎士比亚的原意。

有些喜剧纯粹是一些善良人的误会与传奇，有些则是对虚伪者的讥刺、撕下他们伪装的假面具，《第十二夜》却是另一种喜剧。这个戏中没有真正的坏人，也没有真正的英雄。每个人都有弱点与可笑的地方，但这些弱点都是从他们本性中发生出来的。莎士比亚并没要观众憎恨这剧中的任何人，也没要观众崇仰哪一个角色。

薇娥拉的性格

薇娥拉是一个美丽的少女，但她的性格我以为并不怎么可爱，别说不能与朱丽叶、黛丝德梦娜等这些莎士比亚笔下的第一流女性相比，就是第二、三流的女性，似乎也比她更多一点美德。在她身上，我们简直发现了一点"捞女"的气质。影片把她的性格美化了，与莎氏原作并不完全相同。

在原作，薇娥拉因在海中船舶失事而踏上伊里利亚的海滨，听船长说统治这地方的是奥西诺公爵。她一知道公爵正在追求奥丽维亚伯爵小姐而不得，立刻表示希望能够去侍候这位小姐。约翰逊博士对于她这样迅速决定要"取而代之"，感到相当惊异："薇娥拉似乎很少考虑，就设计了一个深沉的谋划。"船长表示伯爵小姐不肯接见旁人，薇娥拉马上就决定去侍候公爵。约翰逊说："薇娥拉是一位高明之极的设计家，决不会没有办法；她不能去侍候小姐，她就去侍候公爵。"

分析得深一点，薇娥拉的企图不见得比马伏里奥更高尚些。影片将她改为见了公爵之后钟了情，才改装去侍候他，那情况是完全不同了。这时她对公爵的追求不是为了名位而是为爱情了。

要把薇娥拉表现为一个人格完美无缺的女性，当然应该这样改动，但从含义来说，我想原作是更为深刻，对人性有更多的暴露。在原作，当公爵要薇娥拉去向伯爵小姐求婚时，她还没有对公爵有任何情意，然而已透露了她的决心："我要尽力去向你的爱人求爱：（旁白）然而，是多么障碍重重的一场奋斗啊！不管我向谁求爱，我自己要成为他的夫人。"在这几句话中，莎士比亚把这个人刻画得再明显也没有了。她既决心做公爵夫人，那么她代公爵向旁的女人求爱时，自然是没有诚意，唯恐对方答允了。

奥西诺公爵

奥西诺是一个受情欲控制的糊涂人。他说："当我第一眼瞧见奥丽维亚的时候，我就变成了一头鹿；我的情欲像凶暴残酷的猎犬一样，永远追逐着我。"这个比喻大概源自希腊神话中猎人艾克东（Actaeon）的故事。艾克东瞧见了女神迪亚娜的裸体，终于被他自己的猎犬撕成碎片。莎士比亚是说，一个人如果老是看着或想着他所不能得到的女人，他的心就会因不断的相思而破碎。（法兰西斯·培根对这神话的解释那就庸俗得多，他认为这表示，我们不能去探问政要们的机密，否则的话，我们就会毁在自己的仆人手里。）公爵后来突然转而去爱薇娥拉，我们觉得全然没有什么理由。

伯爵小姐对薇娥拉的钟情、瑟巴士西对伯爵小姐爱情的接受，同样是糊里糊涂的。

莎士比亚这样地写这群人，正是他高明的手法，因为世界上确是有为了权势金钱而嫁人的贫穷无依的女子，也有为了权势金钱而娶一个富贵妻子的贫穷男人，有见了漂亮小白脸而晕头转向的有钱小姐，也有追求不到意中人就随便娶一个漂亮小姐的少爷。莎士比亚对他们既不赞扬，也不嘲骂，只是将他们性格中的弱点抒写出来，引以为乐。所以我们说，这个戏剧的伟大之处，是在于人性的刻画，而不在于情节的奇特。讲到情节，这不大会是真实的人生。

苏联莫斯科小剧院上演过这个戏剧，那次演出的"中心思想"据说是放在"薇娥拉争取她自己的幸福"这一点上。现在这部影片的主题，大致似乎也是这样。作为一部有趣的喜剧，那当然是很成功的，但就解释原作的深度与人物性格的掌握而言，我觉得本片不及乌兰诺娃的《罗密欧与朱丽叶》。

对影片的意见

影片的彩色极美，音乐尤其好听。演得最好的是那个安德莱爵士，女仆玛丽亚和托贝爵士也相当精彩。至于薇娥拉，她在影片中既然要显得全然的纯洁可爱，那么她对公爵一往情深的、诗意的爱情，似乎表达得还嫌不足，同时原作中刻画她工于心计、力求嫁得金龟婿的那些语句，似乎也以删去为宜。

国语配音的词句极大部分采用了朱生豪的翻译，韵脚自然，读来铿锵可听。主要的缺点是录音太响，吵闹时尤其响。配音者用舞台剧的朗诵方式念台词，在电影中观众会感到不自然。像托贝爵士酗酒那一场，音调是从头至尾长期的紧张和高昂，缺少了戏剧性的对比。即令是舞台纪录片，终究是电影而不是舞台剧，配音时似应该用电影的方式而不是用话剧的方式。

总的说来，这是一部有趣的影片，虽然不怎么深刻，但美丽而热闹。

　　　　　　　　　　　　　　一九五七年五月三日

谈《除三害》

急锣紧鼓声中，幕里大叫一声："好酒！"一个神态豪迈、气宇轩昂的豪杰跌跌撞撞地大步出台，袍袖一挥，四句西皮散板，只听得："醉里不知天地窄，任教两眼笑英雄。"台下彩声春雷轰动。啊哈，真乃绝妙好辞，绝妙好戏也！

《除三害》这出戏从头至尾充满了英雄气概。当裘盛戎去的周处念道"凭俺臂力任潇洒，哪管荆棘道路差"时，我们眼前立时显现了一个怀才不遇、落魄放荡的豪杰形象。周处不是《江州城》里的李逵，两个都是恃强横行、落拓不羁的好汉子，但周处身上没有李逵那副泼皮无赖的气息；周处也不是《醉打山门》的鲁智深，两个都是有好酒就大喝、遇见不顺眼之事放手便打的人，但周处不像鲁智深那样"赤条条来去无牵挂"，他上场道白中说："无奈半生落魄，一事无成。"这正表明了他是满腔热血，很想有所作为的。他没有李逵的娇媚可喜，没有鲁智深的潇洒自如，但自有他的慷慨跌宕、悲愤侠烈之处。

周处手里拿了一把大扇子，扇子之大，强调了他的霸道！然而也就是这把扇子，在这个英雄人物身上多了一层书卷气。要知周处改过之后，从吴中才子陆机、陆云学，折节读书，后来在东吴任东观左丞，归晋后任御史中丞，既是学者，又是好官和名将，那么在他少年任侠时，即使放浪，也总带着一点儒雅。在裘盛戎所饰的这个角色身上，我们正看到了这种豪情胜概之中的摇曳风致。我想，这角色之所以不同于李逵、鲁智深，也不同于张飞、薛刚，主要就在于此。周处是更加理智、更加内省的，也正因此，他能强烈地为自己的过失而感到惭愧，而发奋改过。

裘盛戎另一出名作是《将相和》，老将廉颇和周处的性格当然有很大的不同，但一知过失立即自愧无地，立即采取正确的行动，其勇敢之处、光明之处，可说并无二致。然而我觉得这两人的悔悟仍旧是有所不同的。廉颇主要是出于爱国心，出于对蔺相如的感佩，情感的成分较重。周处的悔悟却是由于严肃的沉重的自责，更多理性的思维。至于《丁甲山》中的李逵，那更加单纯了，他知道冤枉了宋江，立即负荆请罪，对于他，那是毫不困难、自然不过的事。用新的语言来说，他并没经过什么内心的斗争。

《除三害》是旧戏《应天球》中的一部分，我在舞台上看到，这还是第一次。据说在富连成科班，这是教学生的功课之一，富连成出身的生角与净角是没有不会的。可是因为过去卖座不佳，极少点演。然而，这是多精彩的戏啊。王浚与周处对唱那一场，两人身段之美、唱词之紧凑，实在是京剧中第一流的佳作，上次在长城公司拍的纪录片中看到袁世海和李和曾合演此戏，觉得十分精彩，现在在舞台上再看到谭富英和裘盛戎合演，真觉更胜于彼。

《除三害》的主题思想是知过必改，为民除害。杀虎斩蛟并不稀奇，难得的是把自己从坏人变为好人，除掉这一害是最高贵、最勇敢的行为。在欧美的戏剧中，我们最常见的英勇行为是打败敌人、为父报仇、为保护某某小姐的荣誉而战斗等。如果主角犯了罪，总是让他受到剧烈的痛苦而遭到惩罚，很少把改过作为一种英勇的行动来加以赞扬。例如在《马克白斯》中，主角内心苦痛，受到难堪的煎熬，然后是死亡。当然这些也是伟大的戏剧，但总似乎不及《除三害》这样积极、乐观而明朗。

在袁、李合演的《除三害》，李和曾饰的是老人时吉，这次谭富英饰的则是太守王浚。谭、裘这次演出比较完备，从周处砸窑演到王浚唱"周处今日如梦醒，定能改过做好人"而完结，把后来周处杀虎、斩蛟以及和太守相认的几场戏删去。我想后面这些戏本来有点多余，周处既然悔悟，基本的戏剧冲突已经解决，杀虎斩蛟等等是想当然的事。

在袁、李和中国戏曲研究院共同整理的《除三害》剧本中，有一个张氏，她因丈夫儿子双双死亡、饥寒交迫而图自尽，周处把她救了，赠以银两。后来众窑户告到太守那里时，张氏替周处辩白，王浚这才知道周处性格中也有可取的地方，才化装为老人而去说辩。谭、裘的演出把张氏改为一个被财主追债的老汉。原剧本那样救张氏是任何善良的人都可以救的，但救这欠债老汉，却显出了大英雄大豪杰的本色。借据撕去，银子拿来，狗腿骂走，真乃痛快淋漓，比《打渔杀家》中的打走教师爷尤为干净爽快。（不过这样一改，王浚何以知道周处的义侠心肠，似乎没有交代。我想，王浚坐堂这个场子或许可以暗写，谭富英幕后一句西皮倒板就可带过，他出场时再唱几句交代一下，叹息民生疾苦，以谭唱工之佳，必受欢迎。当周处救老汉时，王浚可以旁观，暗暗点头，或稍加旁白。当然，这门外之见，未必是对的。）

谭富英这一次演出，唱来潇洒自如之至，要放就放，要收就收，真如行云流水，毫无碍滞。他向来以唱工及靠把见长，做工平平，但这次去王浚，和裘盛戎扣得甚紧，表演艺术比过去又迈进了一大步。裘盛戎嗓音沉厚，工架至美，出场时的苍凉粗豪，救老汉时的明快慷慨，以及最后又惊又怒、既悔且恨的心情，在唱工和身段中都表演了出来。但两人的表演艺术之中，自始至终保持着一份节制与含蓄，在艺术，这是宗匠的身份；在角色，这是名士风流而不是庸官俗吏，这是英雄本色而不是土豪恶霸。

一九五六年六月二十三日

谈《空城计》

京戏中三国戏特多，以诸葛亮为主角的也有好几出，这些戏中我最喜欢《空城计》。因为其余的戏大都把他演成一个"超人"。像《草船借箭》、《七擒孟获》、《收姜维》等戏，描写诸葛亮算无遗策，料事如神，有着近于不可思议的智慧，至于《借东风》、《七星灯》等戏，更把他演得颇有"妖气"。但在《空城计》中，诸葛亮却是一个内心冲突极为强烈、有血有肉的人物。他不单单是智慧的化身，不像在许多戏中那样，只是一个抽象的"无所不知、无所不能"，只要指头一捏一算，就解决了问题，而是有苦恼、有困难、感情很是激动的一个崇高的心灵。

一出完整的《空城计》要包括《失街亭》与《斩马谡》在内，一头一尾这两场戏，使诸葛亮的性格更为深刻。这次谭富英唱这出戏，因为配角人手不足，没带《失街亭》，有几场连《斩马谡》也略去了，不过最重要的部分，也就是戏的高潮，却很精彩的演了出来。

　　这戏固然是描写诸葛亮的智谋，但我想此外还有许多意义。像马谡这个人物，就是一个很有代表性的典型。

　　在蜀国，马谡是一个出名的智谋之士。据《三国演义》中说，他曾贡献过两个很有价值的意见。第一是在诸葛亮出师平蛮的时候，马谡提出了"攻心为上"的口号，主张设法收服南蛮的人心，否则蜀兵纵然得胜，退兵后南蛮又反，诸葛亮认为这是一个很高明的战略思想。第二件功劳是献反间计，魏主曹叡果然中计，罢了善于用兵的司马懿。由于过去表现得不错，所以诸葛亮委了他守街亭的重责。

　　哪知马谡却是个理论不能与实践结合的教条主义者，他熟读兵书，却不能活用。守街亭时提出了韩信"置之死地而后生"的战术方针，结果"置之死地"确是置了，但不能"生"，终于把军事要地街亭失去。正如战国时的那个赵括，他也以熟读兵书、夸夸其谈而出名，结果长平一战，让白起坑杀赵兵四十万。这种言过其实，只知书本子上死知识的知识分子，马谡正是一个代表。京戏中虽把文人的马谡改为武将，但这人骄傲自负、泥古不化的性格，一样很突出地表现了出来。王平劝他不可在山顶扎营时，马谡道："某随丞相出兵多年，军国大事，尚问于我，汝奈何相阻也！"他过去的成功使他骄傲，使他失败。有时候，成功与胜利常能成为一个人的绊脚石，这一点在这戏里正可看得出来。

失街亭使诸葛亮六出祁山的第一次攻势完全挫败，不但使过去辛辛苦苦擒夏侯、斩崔谅、杀杨陵、取上邦、袭冀县、骂王朗、破曹真，所有的功绩全部付之流水，所夺获的军略要地全部放弃，还险遭全军覆没。诸葛亮在《出师表》中说："今天下三分，益州疲弊，此诚危急存亡之秋也。"他明知己方实力不足，伐魏没有把握，但又不得不伐，这种知其不可而为之的心情，本来已是十分悲壮的。好容易一路胜利，哪知在一个关键性的事件上重重遭到了挫折。诸葛亮听到失街亭的消息时，不仅仅是可惜一个军事要地的失守，还会想到王业前途的黯淡，想到实现先帝的遗志是愈来愈渺茫，那份心情实在是十分沉重的。《演义》中描写这时的情景说："孔明跌足长叹曰：'大事去矣！此吾之过也！'"这两句话中包括了无数失望、无数悲哀，以及深深的自责。日后"鞠躬尽瘁，死而后已"的先机，已伏于此。

《空城计》完全是不得已，如果弃城而走，二千五百名人马不但一定会被司马懿的二十五万大军赶上消灭，而且分散在各地的北伐军都变成没有了退路。这一役不只决定孔明是否能够脱身，简直就是决定着蜀汉的存亡。诸葛亮一生谨慎，这时候如果能谨慎，他还是要谨慎的，但局势逼得他不得不冒险。

先料到对手是个很有智计之人，才用这个计策。假若对手不是能干的司马懿，而是鲁莽的张郃，诸葛亮这个计策反而不能生效了。一个愈是殷勤地请他来喝酒谈心，保证没有埋伏没有兵，另一个愈是不肯上当。司马懿所以不敢进城，固然是知道诸葛亮从不弄险，但更重要的，还是怕了诸葛亮过去计谋百出的经历。

演这戏中的诸葛亮，我想除了演出他的潇洒自如之外，还要体会他当时十分沉痛的心情。他在城楼上抚琴而唱，自夸自赞（所谓"周文王访姜尚周室大振，俺诸葛怎比得前辈的先生？"说比不得，其实正是比得），那是做给司马懿看的，先生心中，真是心乱如麻，所以司马退兵之后，向来镇静的诸葛亮也不禁抹汗了。

到后来斩马谡，表演了诸葛亮心情的矛盾。在私交，马谡是好友，但按法律，却又不能不斩，结果终于是斩了。诸葛亮哭了一场，这不仅是哭好友之死，思念先帝当日知人之明，还在痛哭大业前途的不能乐观吧。

一个人真正的品格，在忧患时比在得意时更能显现出来。悲剧所以比喜剧更能描写英雄人物，我想这也是原因之一。在这出戏中，诸葛亮的情绪有许多变化，调遣兵马时的谨慎和忧虑（不免想到关、张、黄、马诸大将的凋落），闻报遭败时的痛心，面临劲敌时的镇静和智谋，以及不得不处决好友的伤感，把责任由自己来担负的光明磊落，使我们见到一个男子汉大丈夫怎样来面对危难，怎样来担当忧伤。

谭富英演这戏不仅唱腔又醇又亮，更重要的，我觉得是他体现了诸葛亮这角色的内心，使这戏有很大的深度。

一九五六年七月十六日

谈《盗御马》

在我国的小说与戏曲中，老英雄占着很重要的地位。但西洋文学作品中的英雄角色，几乎极少例外地由年轻人来担任，他们似乎不大了解（至少是不欣赏）老英雄那种成熟的豪迈之气。中国人说："酒愈陈愈香，姜愈老愈辣。"像黄忠、姚期、杨业、廉颇、力斩五将时的赵云这些老将，这种"烈士暮年"的雄心，在我国戏曲中得到极好的描绘和表现。一个人气质和人格的纯化，真正在品格上散放着芳香，那决不是初生之犊的毛头小伙子所能企及的。在艺术上也是这样，必须读万卷书、行万里路之后（那是象征的说法，当然不一定真的读万卷书），才日臻圆熟自如的境界。

《盗御马》中的窦尔墩，年纪已不轻了，但他所显示的英雄气概，远过于二十几岁初出道闯江湖的后生小子。这份气概，我想也是要岁月和阅历来培养的吧。我们常说："威风凛凛，杀气腾腾。"但裘盛戎演窦尔墩，我们只见到他的"威风"，丝毫不感到"杀气"，演一大盗而如此醇、如此厚，在艺术上真是到了极高的境地。

法国的大仲马写一个盗帮的首领，描写他在盗窟中读拉丁文的《凯撒战记》，以示他的书卷气。但比之窦尔墩自然高华的气度，这位侠盗又逊一筹。窦尔墩的性格直似真金护主，毫无雕饰，他的爽朗简直到了十分天真的地步。在那个环境里，这性格正构成了他的悲剧。

整个故事是这样的：

清朝康熙年间，绿林大豪黄三太为了巴结县官彭朋，叫手下人拿了他的金镖到处借银子，所有的英雄好汉都卖他面子，如数付给，没有钱的，也出去抢劫。窦尔墩见他强横，心中不服，约定在李家店比武。窦尔墩武艺高强，一对虎头钩出神入化，黄三太不敌，偷放暗器得胜。窦尔墩就此离开河间，到连环套去做寨主。这天听说太尉梁九公奉旨行猎，皇帝赐有一匹御马，他就施展身手去盗了来，因为黄三太曾夸过口，朝中少了一草一木，唯他是问。窦尔墩盗马是想报复前仇。

盗马之后，接下去是《连环套》。这时黄三太已经死了，他的儿子黄天霸仍旧在为官府做鹰犬，手段比父亲更加狠辣。他到连环套来拜会窦尔墩，两家约定比武。黄天霸有一个副手，叫做朱光祖，此人诡计多端，知道黄天霸打不过窦尔墩，夜里偷进寨去，把窦尔墩的兵器双钩偷了出去。次日窦尔墩发现兵器失踪，又经朱光祖劝了一番，就跟黄天霸领罪去了。

看了《盗马》这出戏，有一位朋友觉得窦尔墩的嫁祸，态度不够光明磊落，似非大丈夫行径，我也颇有同感。原剧中窦尔墩说："这老儿反复无常，适才喽啰报道……失去御马，必命那三太寻找。这连环套甚是凶险，一时焉能得到？三太寻不着御马，必然将他斩首，某家的冤仇，就得报了。"假如这几句道白这样改："这老儿反复无常。现下那三太不知落在何方，某家要想报仇，见他不着，也是枉然。适才喽啰报道……失去御马，必命那三太寻找。他寻上山来，某家和他比武较量。谅那三太岂是窦某敌手。打败了那老匹夫，教天下英雄大笑一场。某家的冤仇，就得报了。"如果说的是这一类的话，观众对窦尔墩的英雄襟怀，或许会更加钦佩些。

《连环套》这戏编得很是紧凑，黄天霸拜山与窦尔墩一场争辩，气氛之紧张，在京戏中是不多见的。不过这出戏对人物的塑造很是模糊，黄天霸见御马而拜，固然显示了他的奴才相，但有些地方又是十分英雄。窦尔墩在双钩被盗之后，突然懦弱，令人气沮。所以这戏近年来在内地是不大有人唱了（解放后我在北京听侯喜瑞和孙毓堃两位前辈唱过，但近年来在内地的戏院广告上不再见到这戏码）。我想，裘盛戎把《草桥关》与《上天台》合并而成《姚期》，并得如此精彩，如把《盗御马》与《连环套》合成一出《窦尔墩》，一定也会十分精彩的。同《姚期》一样，这戏自始至终以窦尔墩为主角，描写他爽朗豪侠的性格，同时刻画黄天霸出卖绿林同道、卖友求荣的无聊，朱光祖背叛师友（他师父及他自己本来都是绿林好汉）、暗施诡计的可恨。窦尔墩第一次受了黄三太的暗算，由于他的豪爽，第二次又受黄天霸的暗算，这是一个很好的性格悲剧的材料。故事本身已经把主题显示了出来。只要把《连环套》中某些对白和唱词加以修改，主从之分变换一下，原剧紧张的气氛还是可以保存，而成为一出很有意义的戏。事实上，《盗御马》的某些词句也已有更改，与窦尔墩描述自己的"坐地分赃"等句子已改为"除暴安良"。

裘盛戎的本工是铜锤，然而架子花脸的戏竟也演得如此工架极练，神态威严。《盗御马》这戏虽然不长，但唱腔中有西皮有二簧，身段中有坐寨有趟马，很多表演机会，裘盛戎演得可说无一不好。那一段"我偕同众贤弟叙一叙衷肠"，后来转快板，结尾一顿，袖子一甩，真是令人血脉沸腾，心神俱醉。

这戏最后本来还有一段：梁九公闻报御马被盗，把彭朋训了一顿，气冲冲地入内。彭朋转身骂军官，军官骂小兵，依次进去。最后四名小兵无可奈何，叹一口气，垂头丧气而入。这种表演方式在京剧中常可见到（如《法门寺》），对旧官场的讽刺，可说入木三分。这次因为人手不足，所以暂时省略了。

一九五六年七月十四日

谈《狮子楼》

　　《狮子楼》是出很短的武戏，是讲武松为兄长报仇，到狮子楼上杀了西门庆的故事。在《水浒传》中，武松杀嫂杀西门庆，用人头来祭武大郎，令人看得热血沸腾，大感痛快。所以有这种感觉，因为在书里，我们已详细地看到西门庆、王婆、潘金莲三人是如何残酷地害死了那忠厚懦弱的武大，又看到武松的兄弟之情是如何的诚挚恳笃。读者们的感情早已被培养起来，到了杀西门庆这个高潮时，自然而然地会感到紧张，会觉得西门庆非杀不可。但单是抽出这一节来在京戏中表演，而要能激动观众的情绪，在戏剧的编写上确是有许多困难的。

杀西门庆一段文字在原书不过七八百字，要把它化成一个本身自成段落的独幕剧，颇有材料不足之感。在这个戏中，我们看到了我国京戏无名编剧家的才能。

　　首先要假定，观众不知道故事的前因后果，必须使观众明了武松这番行动的目的。在戏里，我们看到武松回家，发现哥哥已死，悲痛之中，见嫂嫂外穿孝服，里面却穿着红衣。在原作中并不是这样写的，因为施耐庵有充裕的篇幅来写潘金莲怎样洗去脂粉，拔去首饰钗环，脱去红裙绣袄，换上孝裙孝衫，假哭下楼。但京戏只用外白内红的衣饰，立刻鲜明而迅捷地表明内中必有奸情。事实上，潘金莲恐怕不会傻得在孝衣之中穿着红裳，但京戏用了这夸张手法，很简捷地表现了整个故事的关键所在。

　　西门庆在狮子楼包下了整层楼，不许别人上来喝酒，在书中并没有这一件事。但这一个小情节，不是很明白地表现了西门庆卖弄财主身份，仗势欺人，在当地无法无天吗？

　　武松到官府告状，反被责打四十板，这在原书也是没有的，然而这件事，不也是很明白地表现了阳谷县官府受西门庆之贿、颠倒是非曲直的情况吗？

这出戏用三个小情节来举出了三个关键性的事实：潘金莲因奸情而害死丈夫，主谋的西门庆是当地的土豪，县官受贿而不肯主持正义。这三个小情节虽然都不是原作中所有，但却生动、正确而又简洁地包括了原作中所详细描写的全部背景事件，为武松杀西门庆准备了充分的理由。观众们会感到：这口气非出不可，西门庆非杀不可。于是大家怀着紧张的心情来看好戏的上演。在一般电影，培养这种气氛和感情只怕得用一小时的时间，但这出戏只用短短的几个场面就达成了，它高度集中和洗炼的艺术手法，是值得注意的。

武松与西门庆的打斗，主要的中心是在一把刀上。武松手中有刀，西门庆没有。西门庆丢了一把酒壶过来，被武松一刀劈开，在激斗中，武松的刀被西门庆夺了过去，最后武松又将刀夺回，一刀将西门庆杀死。这场打斗是紧凑的性命相搏，时间没有《三岔口》或《打店》中"摸黑"那么长，但更加狠、更加猛。有人问：武松这样厉害，西门庆哪里是他的敌手？两人打得这么激烈，一把刀抢来抢去，只怕与原作中描写的形象不大符合吧？

武松有刀而西门庆无刀，《水浒》原书是这样写的。施耐庵所写的英雄个个性格不同。武松又英雄又精细，决不像鲁智深或李逵那么鲁莽。《水浒》描写武松打虎，他手中拿着一根哨棒，作者把这哨棒提了许多次，写到打虎时，一哨棒下来，正在紧要关头，却打在树枝之上。哨棒折为两段，武松只得空手打虎。武松如果自恃勇力，不拿武器，那是莽夫行径；然而在危急之中，不得不徒手打死老虎，这愈显他的神威。在狮子楼上也是这样，武松力足杀虎，搏一西门庆何足道哉，但他偏要带一把"尖长柄短背厚刃薄的解腕刀"。在冲上楼时，又被西门庆一脚踢去刀子。带刀，是武二的精细，空手把西门庆打下楼，是武二的神威。金圣叹在批改《水浒》一书中有大批谬论，但他说武松杀虎用全力，杀嫂用全力，杀西门庆也用全力，正如狮子搏象用全力，搏兔也用全力。这个比喻我倒觉得不无道理。杀西门庆的地方是狮子街上、狮子桥边的狮子楼，作者或许是以较虎更具神威的狮子来比喻武松吧。

武松戏历史已很悠久，清代乾嘉年间《挑帘裁衣》（讲西门庆勾引潘金莲故事）一剧在北京曾大红特红，不过这不是京剧的二簧戏。讲到京戏中的武松，还是要数到盖叫天。田汉送他的一首诗中曾说："鸳鸯楼头横刀立，不许人间有大虫。"把武松的威风气概、他嫉恶如仇的豪侠心肠，表现得极有气派。盖叫天演武松，不但演出了武松的神勇，也演出了他在每一种不同场合中的感情。比如说，武松见到老虎时是突然惊恐，见到西门庆时是满腔愤恨，见到孙二娘时是机警中带着俏皮，见到蒋门神是轻视中带着警惕。如果一味勇猛蛮打，力大逞刚强，那就不是极尽丈夫之致、绝伦超群的武二郎了。

《狮子楼》这戏是表现武松的愤恨，这种愤恨，是比《鸳鸯楼》上杀张都监时、比《飞云浦》上脱铐杀解差时更为深刻的，那是一种眼中喷血的极度悲愤。我们看黄元庆所饰的这个角色双眉直竖、嘴角下弯，各种动作，都比《打店》中所演的远为火爆迅速。两出同为武松的短打戏，但因角

色的感情不同，表演的节奏也就大有异致。单以武松的踢
鸾带为例，在《打店》中是一种潇洒的得意之情，而在《狮
子楼》，则在一踢之中含蕴着抑制不住的怒火。

一九五六年七月十日

《梁祝》的"十八相送"

"三载同窗情如海，山伯难舍祝英台，相依相伴送下山，又向钱塘道上来。"这四句合唱引出了一个叫人心中又感到喜悦又感到难受的情境：两个感情非常深厚的人要分别了，以前曾有过长期甜蜜的共同生活，现在相聚在一起的时间只有目前这一点点，他们又到了从前第一次相遇的地方。那是春天，漫山遍野的青草，一路上桃花夹着杨柳，暖暖的风中全是花的气息，即使是慢慢地走，也终于走到了钱塘江边。"阳春二三月，草与水同色。"过了江就是浙东，送人送到江边不能再过去了。

复杂的心情

　　梁山伯只是惋惜和一位好朋友的分离。祝英台的感情却复杂得多了。她已经请师母做过媒，要分别的不但是好朋友，而且是恋人。同时她心中又充满着幸福的感觉，对爱情有着充分的信念。她希望自己的爱人也能体会到这种心情，所以一次又一次地向他暗示。梁山伯不懂，她心中并不着急，因为他回去遇到师母后反正是会知道的，但她心中仍旧存在着矛盾：希望爱人了解自己的心情，但又害羞，不好意思当面明说。最好是梁山伯自己知道了，用同样温柔甜蜜的感情来回答她，可是，他终于不知道。怎么办呢？

　　越剧的"十八相送"的重点在刻画祝英台的心理。川剧《柳荫记》的"山伯送行"处理方法稍有不同，事先没有"托媒"一场，所以祝英台必须在分别之前让梁山伯知道自己的心事，这样，送行中的各种比喻有了更强的戏剧性，因为梁山伯如果不懂，那就会影响到两人的终身幸福。我觉得这两种方式各有所长，川剧的戏剧性比较强烈，观众看到梁山伯不懂时心中很着急。看这部影片时，我们并不着急，但更加地感受到祝英台那种一往情深、又喜又爱的心情。

三个段落

影片这段"十八相送"分成好几个段落，情感一步一步地向前发展。祝英台首先用樵夫的比喻提到一般性的夫妻关系，再用牡丹的比喻暗示梁和自己的关系，梁不懂，必须说得更直截一点："英台若是女红妆，梁兄愿不愿配鸳鸯？"这次明显地提出了问题，但梁用"可惜你，英台不是女红妆"，一句话轻轻推掉了。祝英台于是说他呆得像鹅，梁山伯假装恼了，祝英台赔礼，这是第一个段落。

第二个段落感情上又进了一步，过独木桥时祝说"你我好比牛郎织女渡鹊桥"，在井中照影时说"一男一女笑盈盈"。这时祝英台一方面是向梁暗示，同时自己是深深地沉浸在恋爱的幸福里，在困难中（不敢过独木桥）有心爱的人相扶助，在宁静中（井中照影）和心爱的人共享受，还有比这更甜美的吗？她的感情提到了这一步，所以接着有在观音堂中同拜堂那样情不自禁的表示。对于这样热烈奔放的感情，梁山伯回答的是骂她太荒唐，祝英台又气又好笑，将他比作一头牛。梁山伯第二次生气，祝英台第二次赔礼。求他相送，这并不是第一次生气的单纯重复，而是在一个发展到更强烈的心情下所产生的事情。

相送到了长亭，两人就要分别了。祝英台一方面不舍得恋人的别离，又感到自己心事还没有为恋人所了解，终于用一种间接的方法和梁订了婚约。在她那种心情下，这是再巧妙不过的办法，既吐露了爱情、有了誓约，同时也不会发窘。到最后"万望你梁兄早点来"成为这一场戏的高潮，也是祝英台情感的高潮。

动人的表演

袁雪芬在影片中把祝英台这种激烈的情绪冲突、细致的心理层次极动人地表演了出来。我们看到这个少女爱得既勇敢热烈，又聪明而理智，一点不失身份。深情处真是风月情怀，醉人如酒；含蓄处又是不着一字，尽得风流。

这场戏并不长，然而不但刻画了祝英台这样复杂的心情，也突出地描写了梁山伯忠厚诚实的个性。我们可以想象，当两人同窗共读时，梁山伯可能会发一点憨直的脾气，祝英台有时会理智的责备他，有时会温柔的向他求告。这场戏是《梁祝》从喜剧变为悲剧的转捩点，结束了这对恋人以往的一切喜乐，展开了今后的痛苦。

女扮男装之类

在封建社会中，妇女没有社会地位，没有恋爱和婚姻自由，有许多小说和戏剧因此都描写女人改扮男装而创立事业、和爱人成就眷属的故事，但这些作品大都浮夸或恶俗，如《三门街》、《再生缘》、《笔生花》、《兰花梦》等等所写的女主角都远不及祝英台的真纯可爱。莎士比亚《威尼斯商人》中那个女扮男装救助了未婚夫又戏弄了他的波细霞（或译波西亚），在聪明风趣这一点上或许可和祝英台比拟，但对爱情的深挚和对封建社会宣战的勇气却不能相提并论了。

一九五四年十二月三十一日

《射雕英雄传》后记

　　《射雕英雄传》作于一九五七年到一九五九年，在《香港商报》连载。回想十多年前《香港商报》副刊编辑李沙威兄对这篇小说的爱护和鼓励的殷殷情意，而他今日已不在人世，不能让我将这修订本的第一册书亲手送给他，再想到他那亲切的笑容和微带口吃的谈吐，心头甚感辛酸。

　　《射雕》中的人物个性单纯，郭靖诚朴厚重、黄蓉机智灵巧，读者容易印象深刻。这是中国传统小说和戏剧的特征，但不免缺乏人物内心世界的复杂性。大概由于人物性格单纯而情节热闹，所以《射雕》比较得到欢迎，很早就拍粤语电影，在泰国上演潮州剧的连台本戏，在中国内地和香港、台湾拍过多次电视片集和电影。他人冒名演衍的小说如《江南七侠》、《九指神丐》等等种类也颇不少。但我自己，却觉得我后期的某几部小说似乎写得比《射雕》有了些进步。

写《射雕》时，我正在长城电影公司做编剧和导演，这段时期中所读的书主要是西洋的戏剧和戏剧理论，所以小说中有些情节的处理，不知不觉间是戏剧体的，尤其是牛家村密室疗伤那一大段，完全是舞台剧的场面和人物调度。这个事实经刘绍铭兄提出，我自己才觉察到，写作之时却完全不是有意的。当时只想，这种方法小说里似乎没有人用过，却没想到戏剧中不知已有多少人用过了。

修订时曾作了不少改动。删去了初版中一些与故事或人物并无必要联系的情节，如小红鸟、蛙蛤大战、铁掌帮行凶等等，除去了秦南琴这个人物，将她与穆念慈合而为一。也加上一些新的情节，如开场时张十五说书，曲灵风盗画，黄蓉迫人抬轿与长岭遇雨，黄裳撰作《九阴真经》的经过等等。我国传统小说发源于说书，以说书作为引子，以示不忘本源之意。

成吉思汗的事迹，主要取材于一部非常奇怪的书。这部书本来面目的怪异，远胜《九阴真经》，书名《忙豁仑纽察脱必赤颜》，一共九个汉字。全书共十二卷，正集十卷，续集二卷。十二卷中，从头至尾完全是这些叽哩咕噜的汉字，你与我每个字都识得，但一句也读不懂，当真是"有字天书"。这部书全世界有许许多多学者穷毕生之力钻研攻读，发表了无数论文、专书、音释，出版了专为这部书而编的字典，每个汉字怪文的词语，都可在字典中查到原义。任何一个研究过去八百年中世界史的学者，非读此书不可。

原来此书是以汉字写蒙古话，写成于一二四〇年七月。"忙豁仑"就是"蒙古"，"纽察"在蒙古话中是"秘密"，"脱必赤颜"是"总籍"，九个汉字联在一起，就是《蒙古秘史》。此书最初极可能就是用汉文注音直接写的，因为那时蒙古人还没有文字。这部书是蒙古皇室的秘密典籍，绝不外传，保存在元朝皇宫之中。元朝亡后，给明朝的皇帝得了去，于明洪武十五年译成汉文，将叽哩咕噜的汉字注音怪文译为有意义的汉文，书名《元朝秘史》，译者不明，极可能是当时在明朝任翰林的两个外国人，翰林院侍讲火原洁、修撰马懿亦黑。怪文本（汉字蒙语）与可读本（汉文译本）都收在明成祖时所编的《永乐大典》中，由此而流传下来。明清两代中版本繁多，多数删去了怪文原文不刊。

《元朝秘史》的第一行，仍是写着原书书名的怪文"忙豁仑纽察脱必赤颜"。起初治元史的学者如李文田等不知这九字怪文是什么意思，都以为是原作者的姓名。欧阳锋不懂《九阴真经》中的怪文"哈虎文钵英，呼吐克尔"等等，那也难怪了。

后来叶德辉所刊印的"怪文本"流传到了外国，各国汉学家热心研究，其中以法国人伯希和、德国人海涅士、苏联人郭增、日本人那珂通世等致力最勤。

我所参考的《蒙古秘史》，是外蒙古学者策·达木丁苏隆先将汉字怪文本还原为蒙古古语（原书是十三世纪时的蒙古语，与现代蒙语不相同），再译成现代蒙语，中国的蒙文学者谢再善据以译成现代汉语。

《秘史》是原始材料，有若干修正本流传到西方，再由此而发展成许多著作，其中最重要的是波斯人拉施特所著的《黄金史》。西方学者在见到中国的《元朝秘史》之前，关于蒙古史的著作都根据《黄金史》。修订本中删去事迹甚多，如也速该抢人之妻而生成吉思汗、也速该被人毒死、成吉思汗曾被敌人囚虏、成吉思汗的妻子蒲儿帖被敌人抢去而生长子术赤、成吉思汗曾射死其异母弟别克惕等，都是说起来对成吉思汗不大光彩的事。

《九阴真经》中那段怪文的设想从甚么地方得到启发，读者们自然知道了。

蒙古人统治全中国八十九年，统治中国北部则超过一百年，但因文化低落，对中国人的生活没有遗留重大影响。蒙古人极少与汉人通婚，所以也没有被汉人同化。据李思纯在《元史学》中说，蒙古语对汉语的影响，可考者只有一个"歹"字，歹是不好的意思，歹人、歹事、好歹的"歹"，是从蒙古语学来的。撰写以历史作背景的小说，不可能这样一字一语都考证清楚，南宋皇帝官员、郭啸天、杨铁心等从未与蒙古人接触，对话中本来不该出现"歹"字，但我也不去故意避免。我所设法避免的，只是一般太现代化的词语，如"思考"、"动机"、"问题"、"影响"、"目的"、"广泛"等等。"所以"用"因此"或"是以"代替，"普通"用"寻常"代替，"速度"用"快慢"代替，"现在"用"现今"、"现下"、"目下"、"眼前"、"此刻"、"方今"代替等等。

第四集的插图（内地版未收——编注）有一幅是大理国画师张胜温所绘的佛像，此图有明朝翰林学士宋濂的一段题跋，其中说：

"右梵像一卷，大理国画师张胜温之所貌，其左题云'为利贞皇帝瞟信画'，后有释妙光记，文称盛德五年庚子正月十一日，凡其施色涂金皆极精致，而所书之字亦不恶云。大理本汉楪榆、唐南诏之地，诸蛮据而有之，初号大蒙，次更大礼，而后改以今名者，则石晋时段思平也。至宋季微弱，委政高祥、高和兄弟。元宪宗帅师灭其国而郡县之。其所谓庚子，该宋理宗嘉熙四年，而利贞者，即段氏之诸孙也。"其中所考证的年代弄错了。宋濂认为画中的"庚子"是宋理宗嘉熙四年（一二四〇年），其实他算迟了六十年，应当是宋孝宗淳熙七年庚子（一一八〇年）。原因在于宋濂没有详细查过大理国的历史，不知道大理国盛德五年庚子是一一八〇年，而不是六十年之后的庚子。另有一个证据，画上题明为利贞皇帝画，利贞皇帝就是一灯大师段智兴（一灯大师的法名和故事是我杜撰的），他在位时共有利贞、盛德、嘉会、元亨、安定、亨时（据罗振玉《重校订纪元编》。《南诏野史》中无"亨时"年号）六个年号。宋濂所说的庚子年（宋理宗嘉熙四年），在大理国是孝义帝段祥兴（段智兴的孙子）在位，那是道隆二年。大理国于一二五三年（宋理宗宝祐元年）为蒙古忽必烈所灭，其时大理国皇帝为段兴智。

此图现藏台北"故宫博物院"，该院出版物中的说明根据宋濂的考证而写，将来似可改正。宋濂是明初享有大名的学者，朱元璋的皇太子的老师，号称明朝开国文臣之首。但明人治学粗疏，宋濂奉皇帝之命主持修《元史》，六个月就编好了，第二年皇帝得到新的资料，命他续修，又只六个月就马马虎虎地完成，所以《元史》是中国正史中质素最差者之一。比之《明史》从康熙十七年修到乾隆四年，历六十年而始成书，草率与严谨相去极远，无怪清末学者柯劭忞要另作《新元史》代替。单是从宋濂题画、随手一挥便相差六十年一事，便可想得到《元史》中的错误不少。但宋濂为人忠直有气节，决不拍朱元璋的马屁，做人的品格是很高的。

一九七五年十二月

《神雕侠侣》后记

    《神雕侠侣》的第一段于一九五九年五月二十日在《明报》创刊号上发表。这部小说约刊载了三年，也就是写了三年。这三年是《明报》最初创办的最艰苦阶段。重行修改的时候，几乎在每一段的故事之中，都想到了当年和几位同事共同辛劳的情景。

    《神雕》企图通过杨过这个角色，抒写世间礼法习俗对人心灵和行为的拘束。礼法习俗都是暂时性的，但当其存在之时，却有巨大的社会力量。师生不能结婚的观念，在现代人心目中当然根本不存在，然而在郭靖、杨过时代却是天经地义。然则我们今日认为天经地义的许许多多规矩习俗，数百年后是不是也大有可能被人认为毫无意义呢？

道德规范、行为准则、风俗习惯等等社会性的行为模式，经常随着时代而改变，然而人的性格和感情，变动却十分缓慢。三千年前《诗经》中的欢悦、哀伤、怀念、悲苦，与今日人们的感情仍是并无重大分别。我个人始终觉得，在小说中，人的性格和感情，比社会意义具有更大的重要性。郭靖说"为国为民，侠之大者"，这句话在今日仍有重大的积极意义。但我深信将来国家的界限一定会消灭，那时候"爱国"、"抗敌"等等观念就没有多大意义了。然而父母子女兄弟间的亲情、纯真的友谊、爱情、正义感、仁善、勇于助人、为社会献身等等感情与品德，相信今后还是长期的为人们所赞美，这似乎不是任何政治理论、经济制度、社会改革、宗教信仰等所能代替的。

武侠小说的故事不免有过分的离奇和巧合。我一直希望做到，武功可以事实上不可能，人的性格总应当是可能的。杨过和小龙女一离一合，其事甚奇，似乎归于天意和巧合，其实却须归因于两人本身的性格。两人若非钟情如此之深，决不会一一跃入谷中；小龙女若非天性淡泊，决难在谷底长时独居；杨过如不是生具至性，也定然不会十六年如一日，至死不悔。当然，倘若谷底并非水潭而系山石，则两人跃下后粉身碎骨，终于还是同穴而葬。世事遇合变幻，穷通成败，虽有关机缘气运，自有幸与不幸之别，但归根结底，总是由各人本来性格而定。

神雕这种怪鸟，现实世界中是没有的。非洲马达加斯加岛有一种"象鸟"（Aepyornis titan），身高十呎余，体重一千余磅，是世上最大的鸟类，在公元一六六〇年前后绝种。象鸟腿极粗，身体太重，不能飞翔。象鸟蛋比驼鸟蛋大六倍。我在纽约博物馆中见过象鸟蛋的化石，比一张小茶几的几面还大些。但这种鸟类相信智力一定甚低。

《神雕侠侣》修订本的改动并不很大，主要是修补了原作中的一些漏洞。

一九七六年五月

《连城诀》后记

儿童时候,我浙江海宁袁花镇老家有个长工,名叫和生。他是残废的,是个驼子,然而只驼了右边的一半,形相特别显得古怪。虽说是长工,但并不做什么粗重工作,只是扫地、抹尘,以及接送孩子们上学堂。我哥哥的同学们见到了他就拍手唱歌:"和生和生半爿驼,叫他三声要发怒,再叫三声翻筋斗,翻转来像只瘫淘箩。""瘫淘箩"是我故乡土话,指破了的淘米竹箩。

那时候我总是拉着和生的手,叫那些大同学不要唱,有一次还为此哭了起来,所以和生向来对我特别好。下雪、下雨的日子,他总是抱了我上学,因为他的背脊驼了一半,不能背负。那时候他年纪已很老了，我爸爸、妈妈叫他不要抱，免得滑倒了两个人都摔交，但他一定要抱。

有一次，他病得很厉害，我到他的小房里去瞧他，拿些点心给他吃。他跟我说了他的身世。

他是江苏丹阳人，家里开一家小豆腐店，父母替他跟邻居一个美貌的姑娘对了亲。家里积蓄了几年，就要给他完婚了。这年十二月，一家财主叫他去磨做年糕的米粉。这家财主又开当铺，又开酱园，家里有座大花园。磨豆腐和磨米粉，工作是差不多的。财主家过年要磨好几石糯米，磨粉的工夫在财主家后厅上做。这种磨粉的事我见得多了，只磨得几天，磨子旁地下的青砖上就有一圈淡淡的脚印，那是推磨的人踏出来的。江南各地的风俗都差不多，所以他一说我就懂了。

因为要赶时候，磨米粉的工夫往往做到晚上十点、十一点钟。这天他收了工，已经很晚了，正要回家，财主家里许多人叫了起来："有贼！"有人叫他到花园里去帮同捉贼。他一奔进花园，就给人几棍子打倒，说他是"贼骨头"，好几个人用棍子打得他遍体鳞伤，还打断了几根肋骨，他的半边驼就是这样造成的。他头上吃了几棍，昏晕了过去，醒转来时，身边有许多金银首饰，说是从他身上搜出来的。又有人在他竹箩的米粉底下搜出了一些金银和铜钱，于是将他送进知县衙门。贼赃俱在，他也分辩不来，给打了几十板，收进了监牢。

本来就算是做贼，也不是什么大不了的罪名，但他给关了两年多才放出来。在这段时期中，他父亲、母亲都气死了，他的未婚妻给财主少爷娶了去做继室。

他从牢里出来之后，知道这一切都是那财主少爷陷害。有一天在街上撞到，他取出一直藏在身边的尖刀，在那财主少爷身上刺了几刀。他也不逃走，任由差役捉了去。那财主少爷只是受了重伤，却没有死。但财主家不断贿赂县官、师爷和狱卒，想将他在狱中害死，以免他出来后再寻仇。

他说："真是菩萨保佑，不到一年，老爷来做丹阳县正堂，他老人家救了我命。"

他说的老爷，是我祖父。

我祖父文清公（他本来是"美"字辈，但进学和应考时都用"文清"的名字），字沧珊，故乡的父老们称他为"沧珊先生"。他于光绪乙酉年中举，丙戌年中进士，随即派去丹阳做知县，做知县有成绩，加了同知衔。不久就发生了著名的"丹阳教案"。

邓之诚先生的《中华二千年史》卷五中提到了这件事：

《天津条约》许外人传教，于是教徒之足迹遍中国。莠民入教，辄恃外人为护符，不受官吏钤束。人民既愤教士之骄横，又怪其行动诡秘，推测附会，争端遂起。教民或有死伤，外籍教士即借口要挟，勒索巨款，甚至归罪官吏，胁清廷治以重罪，封疆大吏，亦须革职永不叙用。内政由人干涉，国已不国矣。教案以千万计，兹举其大者：

"……丹阳教案。光绪十七年八月……刘坤一、刚毅奏，本年……江苏之丹阳、金匮、无锡、阳湖、江阴、如皋各属教堂，接踵被焚毁，派员前往查办……苏属案，系由丹阳首先滋事，将该县查文清甄别参革……"（光绪《东华录》卷一〇五）

所谓"参革"，"参"是"参劾"，上司向皇帝奏告过失，"革"是"革职"，皇帝根据参劾，下旨革职。我祖父受参革之前，曾有一番交涉。上司叫他将为首烧教堂的两人斩首示众，以便向外国教士交代。如果遵命办理，上司非但不参劾，还会保奏，向皇帝奏称我祖父办事能干得力，便可升官。但我祖父同情烧教堂的人民，通知为首的两人逃走，回报上司：此事是由外国教士欺压良民而引起公愤，数百人一涌而上，焚烧教堂，并无为首之人。跟着他就辞官，朝廷定了"革职"处分。

　　我祖父此后便在故乡闲居，读书作诗自娱，也做了很多公益事业。他编一部《海宁查氏诗钞》，有数百卷之多，但雕版未完工就去世了（这些雕版放了两间屋子，后来都成为我们堂兄弟的玩具）。出丧之时，丹阳推了十几位绅士来吊祭，当时领头烧教堂的两人一路哭拜而来。据我父亲、叔伯们的说法，那两人走一里路，磕一个头，从丹阳直磕到我故乡。丹阳虽距我家不很远，但对这说法，现在我不大相信了，小时候自然信之不疑。不过那两人十分感激，最后几里路磕头而来当然是很可能的。

前些时候到台湾，见到了我表哥蒋复璁先生。他当时是"故宫博物院"院长，以前和我二伯父在北京大学是同班同学。他跟我说了些我祖父的事，言下很是赞扬。那都是我本来不知道的。一九八一年，我去丹阳访问参观，当地人民政府的领导热诚招待，对我祖父当年的作为认为是反对帝国主义、维护人民利益的功绩，当地报纸上发表了赞扬文章。

和生说，我祖父接任做丹阳知县后，就重行审讯狱中的每一个囚犯，得知了和生的冤屈。可是他刺人行凶，确是事实，也不便擅放。但如不放他，他在狱中日后一定会给人害死。我祖父辞官回家时，索性悄悄将他带了来，就养在我家里。

和生直到抗战时才病死。他的事迹，我爸爸妈妈从来不跟人说。和生跟我说的时候，以为他那次的病不会好了，连说带哭，也没有叮嘱我不可说出来。

这件事一直藏在我心里。《连城诀》是在这件真事上发展出来的，纪念在我幼小时对我很亲切的一个老人。和生到底姓什么，我始终不知道，和生也不是他的真名。他当然不会武功。我只记得他常常一两天不说一句话。我爸爸妈妈对他很客气，从来不差他做什么事。他在我家所做的工作，除了接送我上小学之外，平日就是到井边去挑几担井水，装满厨房中的几口七石缸。甚至过年时做年糕的米粉，家里也到外面去雇了人来磨，不请和生磨。

这部小说写于一九六三年，那时《明报》和新加坡《南洋商报》合办一本随报附送的《东南亚周刊》，这篇小说是为那周刊而写的，书名本来叫做《素心剑》。

一九七七年四月

《金庸作品集》新序

小说是写给人看的。小说的内容是人。

小说写一个人、几个人、一群人或成千成万人的性格和感情。他们的性格和感情从横面的环境中反映出来，从纵面的遭遇中反映出来，从人与人之间的交往与关系中反映出来。长篇小说中似乎只有《鲁滨逊飘流记》，才只写一个人，写他与自然之间的关系，但写到后来，终于也出现了一个仆人"星期五"。只写一个人的短篇小说多些，尤其是近代与现代的新小说，写一个人在与环境的接触中表现他外在的世界、内心的世界，尤其是内心世界。有些小说写动物、神仙、鬼怪、妖魔，但也把他们当作人来写。

西洋传统的小说理论分别从环境、人物、情节三个方面去分析一篇作品。由于小说作者不同的个性与才能，往往有不同的偏重。

基本上，武侠小说与别的小说一样，也是写人，只不过环境是古代的，主要人物是有武功的，情节偏重于激烈的斗争。任何小说都有它所特别侧重的一面。爱情小说写男女之间与性有关的感情，写实小说描绘一个特定时代的环境与人物，《三国演义》与《水浒》一类小说叙述大群人物的斗争经历，现代小说的重点往往放在人物的心理过程上。

小说是艺术的一种，艺术的基本内容是人的感情和生命，主要形式是美，广义的、美学上的美。在小说，那是语言文笔之美、安排结构之美，关键在于怎样将人物的内心世界通过某种形式而表现出来。什么形式都可以，或者是作者主观的剖析，或者是客观的叙述故事，从人物的行动和言语中客观地表达。

读者阅读一部小说，是将小说的内容与自己的心理状态结合起来。同样一部小说，有的人感到强烈的震动，有的人却觉得无聊厌倦。读者的个性与感情，与小说中所表现的个性与感情相接触，产生了"化学反应"。

武侠小说只是表现人情的一种特定形式。作曲家或演奏家要表现一种情绪，用钢琴、小提琴、交响乐或歌唱的形式都可以，画家可以选择油画、水彩、水墨或版画的形式。问题不在采取什么形式，而是表现的手法好不好，能不能和读者、听者、观赏者的心灵相沟通，能不能使他的心产生共鸣。小说是艺术形式之一，有好的艺术，也有不好的艺术。

好或者不好，在艺术上是属于美的范畴，不属于真或善的范畴。判断美的标准是美，是感情，不是科学上的真或不真（武功在生理上或科学上是否可能）、道德上的善或不善，也不是经济上的值钱不值钱、政治上对统治者的有利或有害。当然，任何艺术作品都会发生社会影响，自也可以用社会影响的价值去估量，不过那是另一种评价。

在中世纪的欧洲，基督教的势力及于一切，所以我们到欧美的博物院去参观，见到所有中世纪的绘画都以圣经故事为题材,表现女性的人体之美,也必须通过圣母的形象。直到文艺复兴之后,凡人的形象才在绘画和文学中表现出来,所谓文艺复兴,是在文艺上复兴希腊、罗马时代对"人"的描写,而不再集中于描写神与圣人。

中国人的文艺观,长期以来是"文以载道",那和中世纪欧洲黑暗时代的文艺思想是一致的,用"善或不善"的标准来衡量文艺。《诗经》中的情歌,要牵强附会地解释为讽刺君主或歌颂后妃。陶渊明的《闲情赋》,司马光、欧阳修、晏殊的相思爱恋之词,或者惋惜地评之为白璧之玷,或者好意地解释为另有所指。他们不相信文艺所表现的是感情,认为文字的唯一功能只是为政治或社会价值服务。

我写武侠小说,只是塑造一些人物,描写他们在特定的武侠环境(中国古代的、没有法治的、以武力来解决争端的不合理社会)中的遭遇。当时的社会和现代社会已大不相同,人的性格和感情却没有多大变化。古代人的悲欢离合、喜怒哀乐,仍能在现代读者的心灵中引起相应的情绪。读者们当然可以觉得表现的手法拙劣,技巧不够成熟,描写殊不深刻，以美学观点来看是低级的艺术作品。无论如何，我不想载什么道。我在写武侠小说的同时，也写政治评论，也写与历史、哲学、宗教有关的文字，那与武侠小说完全不同。涉及思想的文字，是诉诸读者理智的，对这些文字，才有是非、真假的判断，读者或许同意，或许只部分同意，或许完全反对。

对于小说，我希望读者们只说喜欢或不喜欢，只说受到感动或觉得厌烦。我最高兴的是读者喜爱或憎恨我小说中的某些人物，如果有了那种感情，表示我小说中的人物已和读者的心灵发生联系了。小说作者最大的企求，莫过于创造一些人物，使得他们在读者心中变成活生生的、有血有肉的人。艺术是创造，音乐创造美的声音，绘画创造美的视觉形象，小说是想创造人物、创造故事，以及人的内心世界。假使只求如实反映外在世界，那么有了录音机、照相机，何必再要音乐、绘画？有了报纸、历史书、纪录电视片、社会调查统计、医生的病历纪录、党部与警察局的人事档案，何必再要小说？

武侠小说虽说是通俗作品，以大众化、娱乐性强为重点，但对广大读者终究是会发生影响的。我希望传达的主旨是：爱护尊重自己的国家民族，也尊重别人的国家民族；和平友好，互相帮助；重视正义和是非，反对损人利己；注重信义，歌颂纯真的爱情和友谊；歌颂奋不顾身的为了正义而奋斗；轻视争权夺利、自私可鄙的思想和行为。武侠小说并不单是让读者在阅读时做"白日梦"而沉湎在伟大成功的幻想之中，而希望读者们在幻想之时，想象自己是个好人，要努力做各种各样的好事，想象自己要爱国家、爱社会、帮助别人得到幸福，由于做了好事、作出积极贡献，得到所爱之人的欣赏和倾心。

武侠小说并不是现实主义的作品。有不少批评家认定，文学上只可肯定现实主义一个流派，除此之外，全应否定。这等于是说：少林派武功好得很，除此之外，什么武当派、崆峒派、太极拳、八卦掌、弹腿、白鹤派、空手道、跆拳道、柔道、西洋拳、泰拳等等全部应当废除取消。我们主张多元主义，既尊重少林武功是武学中的泰山北斗，而觉得别的小门派也不妨并存，它们或许并不比少林派更好，但各有各的想法和创造。爱好广东菜的人，不必主张禁止京菜、川菜、鲁菜、徽菜、湘菜、淮扬菜、杭州菜、法国菜、意大利菜等等派别，所谓"萝卜青菜，各有所爱"是也。不必把武侠小说提得高过其应有之分，也不必一笔抹杀。什么东西都恰如其分，也就是了。

撰写这套总数三十六册的《作品集》，是从一九五五年到一九七二年，前后约十三四年，包括十二部长篇小说，两篇中篇小说，一篇短篇小说，一篇历史人物评传，以及若干篇历史考据文字。出版的过程很奇怪，不论在中国香港、台湾、海外地区，还是内地，都是先出各种各样翻版盗印本，然后再出版经我校订、授权的正版本。在内地，在"三联版"出版之前，只有天津百花文艺出版社一家，是经我授权而出版了《书剑恩仇录》。他们校印认真，依足合同支付版税。我依足法例缴付所得税，余数捐给了几家文化机构及支助围棋活动。这是一个愉快的经验。除此之外，完全是未经授权的，直到正式授权给北京三联书店出版。"三联版"的版权合同到二○○一年年底期满，以后中国内地的版本由另一家出版社出版，主因是地区邻近，业务上便于沟通合作。

翻版本不付版税，还在其次。许多版本粗制滥造，错讹百出。还有人借用"金庸"之名，撰写及出版武侠小说。写得好的，我不敢掠美；至于充满无聊打斗、色情描写之作，可不免令人不快了。也有些出版社翻印香港、台湾其他作家的作品而用我笔名出版发行。我收到过无数读者的来信揭露，大表愤慨。也有人未经我授权而自行点评，除冯其庸、严家炎、陈墨三位先生功力深厚兼又认真其事，我深为拜嘉之外，其余的点评大都与作者原意相去甚远。好在现已停止出版，出版者正式道歉，纠纷已告结束。

有些翻版本中，还说我和古龙、倪匡合出了一个上联"冰比冰水冰"征对，真正是大开玩笑了。汉语的对联有一定规律，上联的末一字通常是仄声，以便下联以平声结尾，但"冰"字属蒸韵，是平声。我们不会出这样的上联征对。内地有许许多多读者寄了下联给我，大家浪费时间心力。

为了使得读者易于分辨，我把我十四部长、中篇小说书名的第一个字凑成一副对联："飞雪连天射白鹿，笑书神侠倚碧鸳。"（短篇《越女剑》不包括在内，偏偏我的围棋老师陈祖德先生说他最喜爱这篇《越女剑》。）我写第一部小说时，根本不知道会不会再写第二部；写第二部时，也完全没有想到第三部小说会用什么题材，更加不知道会用什么书名。所以这副对联当然说不上工整，"飞雪"不能对"笑书"，"连天"不能对"神侠"，"白"与"碧"都是仄声。但如出一个上联征对，用字完全自由，总会选几个比较有意思而合规律的字。

有不少读者来信提出一个同样的问题："你所写的小说之中，你认为哪一部最好？最喜欢哪一部？"这个问题答不了。我在创作这些小说时有一个愿望："不要重复已经写过的人物、情节、感情，甚至是细节。"限于才能，这愿望不见得能达到，然而总是朝着这方向努力，大致来说，这十五部小说是各不相同的，分别注入了我当时的感情和思想，主要是感情。我喜爱每部小说中的正面人物，为了他们的遭遇而快乐或惆怅、悲伤，有时会非常悲伤。至于写作技巧，后期比较有些进步。但技巧并非最重要，所重视的是个性和感情。

这些小说在中国香港、台湾、内地、新加坡曾拍摄为电影和电视连续剧，有的还拍了三四个不同版本，此外有话剧、京剧、粤剧、音乐剧等。跟着来的是第二个问题："你认为哪一部电影或电视剧改编演出得最成功？剧中的男女主角哪一个最符合原著中的人物？"电影和电视的表现形式和小说根本不同，很难拿来比较。电视的篇幅长，较易发挥；电影则受到更大限制。再者，阅读小说有一个作者和读者共同使人物形象化的过程，许多人读同一部小说，脑中所出现的男女主角却未必相同，因为在书中的文字之外，又加入了读者自己的经历、个性、情感和喜憎。你会在心中把书中的男女主角和自己或自己的情人融而为一，而每个不同读者，他的情人肯定和你的不同。电影和电视却把人物的形象固定了，观众没有自由想象的余地。我不能说哪一部最好，但可以说：把原作改得面目全非的最坏、最自以为是，瞧不起原作者和广大读者。

武侠小说继承中国古典小说的长期传统。中国最早的武侠小说，应该是唐人传奇的《虬髯客传》、《红线》、《聂隐娘》、《昆仑奴》等精彩的文学作品。其后是《水浒传》、《三侠五义》、《儿女英雄传》等等。现代比较认真的武侠小说，更加重视正义、气节、舍己为人、锄强扶弱、民族精神、中国传统的伦理观念。读者不必过分推究其中某些夸张的武功描写，有些事实上不可能，只不过是中国武侠小说的传统。聂隐娘缩小身体潜入别人的肚肠，然后从他口中跃出，谁也不会相信是真事，然而聂隐娘的故事，千余年来一直为人所喜爱。

我初期所写的小说，汉人皇朝的正统观念很强。到了后期，中华民族各族一视同仁的观念成为基调，那是我的历史观比较有了些进步之故。这在《天龙八部》、《白马啸西风》、《鹿鼎记》中特别明显。韦小宝的父亲可能是汉、满、蒙、回、藏任何一族之人。即使在第一部小说《书剑恩仇录》中，主角陈家洛后来也对回教增加了认识和好感。每一个种族、每一门宗教、某一项职业中都有好人坏人。有坏的皇帝，也有好皇帝；有很坏的大官，也有真正爱护百姓的好官。书中汉人、满人、契丹人、蒙古人、西藏人……都有好人坏人。和尚、道士、喇嘛、书生、武士之中，也有各种各样的个性和品格。有些读者喜欢把人一分为二，好坏分明，同时由个体推论到整个群体，那决不是作者的本意。

历史上的事件和人物，要放在当时的历史环境中去看。宋辽之际、元明之际、明清之际，汉族和契丹、蒙古、满族等民族有激烈斗争；蒙古、满人利用宗教作为政治工具。小说所想描述的，是当时人的观念和心态，不能用后世或现代人的观念去衡量。我写小说，旨在刻画个性，抒写人性中的喜愁悲欢。小说并不影射什么，如果有所斥责，那是人性中卑污阴暗的品质。政治观点、社会上的流行理念时时变迁，人性却变动极少。

在刘再复先生与他千金刘剑梅合写的《共悟人间——父女两地书》中，剑梅小姐提到她曾和李陀先生的一次谈话，李先生说，写小说也跟弹钢琴一样，没有任何捷径可言，是一级一级往上提高的，要经过每日的苦练和积累，读书不够多就不行。我很同意这个观点。我每日读书至少四五小时，从不间断，在报社退休后连续在中外大学中努力进修。这些年来，学问、知识、见解虽有长进，才气却长不了，因此，这些小说虽然改了三次，相信很多人看了还是要叹气。正如一个钢琴家每天练琴二十小时，如果天分不够，永远做不了萧邦、李斯特、拉赫曼尼诺夫、巴德鲁斯基，连鲁宾斯坦、霍洛维兹、阿胥肯那吉、刘诗昆、傅聪也做不成。

　　这次第三次修改，改正了许多错字讹字以及漏失之处，多数由于得到了读者们的指正。有几段较长的补正改写，是吸收了评论者与研讨会中讨论的结果。仍有许多明显的缺点无法补救，限于作者的才力，那是无可如何的了。读者们对书中仍然存在的失误和不足之处，希望写信告诉我。我把每一位读者都当成是朋友，朋友们的指教和关怀，自然还是欢迎的。

二〇〇二年四月于香港

韦小宝这小家伙

一

人的性格很复杂。

平常所说的人性、民族性、阶级性、好人、坏人等等，都是极笼统的说法。一个家庭中的兄弟姊妹，秉受同样遗传，在同样的环境中成长，即使在幼小之时，性格已有极大分别。这是许许多多人共同的经验。

我个人的看法，小说主要是在写人物，写感情，故事与环境只是表现人物与感情的手段。感情较有共同性，欢乐、悲哀、愤怒、惆怅、爱恋、憎恨等等，虽然强度、深度、层次、转换，千变万化，但中外古今，大致上是差不多的。

人的性格却每个人都不同，这就是所谓个性。

罗密欧与朱丽叶，梁山伯与祝英台，贾宝玉与林黛玉，他们深挚与热烈的爱情区别并不太大。然而罗密欧、梁山伯、贾宝玉三个人之间，朱丽叶、祝英台、林黛玉三个人之间，性格上的差别简直千言万语也说不完。

西洋戏剧的研究者分析，戏剧与小说的情节，基本上只有三十六种。也可以说，人生的戏剧很难越得出这三十六种变型。然而过去已有千千万万种戏剧与小说写了出来，今后仍会有千千万万种新的戏剧上演，有千千万万种小说发表。人们并不会因情节的重复而感到厌倦。

因为戏剧与小说中人物的个性并不相同。当然，作者表现的方式和手法也各有不同。作者的风格，是作者个性的一部分。

二

　　小说反映作者的经验与想象。有些作者以写自己的经验为主，包括对旁人的观察；有些以写自己的想象为主，但也总有一些直接与间接的经验。武侠小说主要依赖想象，其中的人情世故、性格感情却总与经验与观察有关。

　　诗人与音乐家有很多神童，他们主要抒写自己的感情，不一定需要经历与观察。小说家与画家通常是年纪比较大的人。当然，像屈原、杜甫那些感情深厚、内容丰富的诗篇，神童是决计写不出的。

　　小说家的第一部作品，通常与他自己有关，或者，写的是他最熟悉的事物。到了后期，生活的经历复杂了，小说的内容也会复杂起来。

　　我第一部小说《书剑恩仇录》，写的是我小时候在故乡听得熟了的传说——乾隆皇帝是汉人的儿子。陈家洛这样的性格，知识分子中很多。杭州与海宁是我的故乡。《鹿鼎记》是我到现在为止的最后一部小说，所写的生活是我完全不熟悉的，妓院、皇宫、朝廷、荒岛……韦小宝是我完全不熟悉的市井小流氓，我一生之中从来没有遇到过半个。扬州我只到过一天，生活也无体验。

我一定是将观察到、体验到的许许多多人的性格，主要是中国人的性格，融在韦小宝身上了。

他性格的主要特征是适应环境，讲义气。

三

中国的自然条件并不好。耕地缺乏而人口极多。然而中华民族是今日世界上唯一留存的古民族。埃及、印度、希腊、罗马等等古代伟大的民族早已消失了。中国人在极艰苦的生存竞争中挣扎下来，至今仍保持着充分活力，而且是全世界人口最多的民族，当然是有重大原因的。从生物学和人类学的理论来看，大概主要是由于我们最善于适应环境。

最善于适应环境的人，不一定是道德最高尚的人。遗憾得很，高尚的人在生存在竞争中往往是失败者。

中国历史上充满了高尚者被卑鄙者杀害的记载，这使人读来很不愉快。然而事实是这样，尽管，写历史的人通常早已将胜利者尽可能地写得不怎么卑鄙。历史并不像人们所希望的那样，是好人得到最后胜利。宋高宗与秦桧杀了岳飞，而不是岳飞杀了秦桧。有些大人物很了不起，但他们取得胜利的手法却并不怎么高尚，例如唐太宗杀了哥哥、弟弟而取得帝位，虽然，他的哥哥、弟弟不见得比他更高尚。

中国历史中又充满了汉人屠杀少数民族的记载，使用的手段常常很不公道。我们有一种习惯，在和外族斗争中，只要是汉人做的事，都是应当受到赞扬的。班超偷袭匈奴使者，所用的方式在今日看来简直匪夷所思。

其他国家的历史其实也差不多。英国、俄国、法国等等不用说了。

在美国，印第安人的道德不知比美国白人高出了多少。

从国家民族的立场来说，凡是有利于本国民族的，都是道德崇高的事。但人类一致公认的公义和是非毕竟还是有的。

值得安慰的是，人类在进步，政治斗争的手段愈来愈文明，卑鄙的程度总体来说是在减少。大众传播媒介在发挥集体的道德制裁作用。从历史观点来看，今日的人类远比过去高尚，比较不这么残忍，不这么不择手段。

四

韦小宝自小在妓院中生长，妓院是最不注重道德的地方；后来进了皇宫，皇宫又是一个最不讲道德的地方。在教养上，他是一个文明社会中的野蛮人。为了求生存和取得胜利，对于他没有什么是不可做的，偷抢拐骗，吹牛拍马，什么都干。做这些坏事的时候，他从来不觉得良心有什么不安，他根本不以为这些是坏事，做来心安理得之至。吃人部落中的蛮人，决不会以为吃人肉有什么不应该。

韦小宝不识字，孔子与孟子所教导的道德，他从来没听见过。

然而孔孟的思想影响了整个中国社会，或者，孔子与孟子是归纳与提炼了中国人思想中美好的部分，有系统地说了出来。韦小宝生活在中国人的社会中，即使是市井和皇宫中的野蛮人，他也要交朋友，自然而然会接受中国社会中所公认的道德。尤其是，他加入天地会后，接受了中国江湖人物的道德观念。不过这些道德规范与士大夫、读书人所信奉的那一套不同。

士大夫懂的道德很多，做的很少。江湖人物信奉的道德极少，但只要信奉了，通常不敢违反。江湖上唯一重视的道德是义气，"义气"两字，从春秋战国以来，任何在社会上做事的人没有一个敢忽视。

中国社会中另一项普遍受重视的是情，人情的情。

五

注重"人情"和"义气"是中国传统社会中的特点，

尤其是在民间与下层社会中。

统治者讲究"原则"。"忠"是服从和爱戴统治者的原则；"孝"是确定家长权威的原则；"礼"是维系社会秩序的原则；"法"是执行统治者所定规律的原则。对于统治阶层，忠孝礼法的原则神圣不可侵犯。皇帝是国家的化身，"忠君"与"爱国"之间可以画上等号。

"孝"本来是敬爱父母的天性，但统治者过分重视提倡，使之成为固定社会秩序的权威象征，在自然之爱上，附加了许多僵硬的规条。

"孝道"与"礼法"结合，变成敬畏多于爱慕。在中国的传统文学作品中，描写母爱的甚多而写父爱的极少。称自己父亲为"家严"，称母亲为"家慈"，甚至正式称呼中，也确定父严母慈是应有的品格。似乎直到朱自清写出《背影》，我们才有一篇描述父爱的动人作品。"忠孝"两字并称之后，"孝"的德行被统治者过分强调，被剥夺了其中若干可亲的成分。汉朝以"孝"与"廉"两种德行来选拔人才，直到清末，举人仍被称为"孝廉"。

在民间的观念中，"无法无天"可以容忍，甚至于，"无法无天"蔑视权威与规律，往往有一些英雄好汉的含义。但"无情无义"绝对为众人所不齿。一个无法无天的人有真正朋友，无情无义的人绝对没有，被摒绝于社会之外。甚至于，"无赖无耻"的人也有朋友，只要他讲义气。

"法"是政治规律，"天"是自然规律，"无法无天"是不遵守政治规律自然规律；"无赖无耻"是不遵守社会规律。在中国传统社会中，"情义"是最重要的社会规律，"无情无义"的人是最大的坏人。传统的中国人不太重视原则，而十分重视情义。

六

重视情义当然是好事。

中华民族所以历数千年而不断壮大，在生存竞争中始终保持活力，给外族压倒之后一次又一次地站起来，或许与我们重视情义有重大关系。

古今中外的哲人中，孔子是最反对教条、最重视实际的。所谓"圣之时者也"，就是善于适应环境、不拘泥教条的圣人。孔子是充分体现中国人性格的伟大人物。

孔子哲学的根本思想是"仁"，那是在现实的日常生活中好好对待别人，因此而求得一切大小团体（家庭、乡里、邦国）中的和谐与团结，"人情"是"仁"的一部分。孟子哲学的根本思想是"义"。那是一切行为以"合理"为目标，合理是对得住自己，也对得住别人。对得住自己很容易，要旨在于不能对不起人，尤其不能对不起朋友。

所谓"在家靠父母，出门靠朋友"。父母和朋友是人生道路上的两大支柱。所以"朋友"与"君臣、父子、兄弟、夫妇"的关系并列，是"五伦"之一，是五大人际关系中的一种。西方社会、波斯、印度社会并没有对朋友的关系提到这样高的地位，他们更重视的是宗教，是神与人之间的关系。

一个人群和谐团结，互相爱护，在环境发生变化时尽量采取合理的方式与之适应，这样的一个人群，在与别的人群斗争之时，自然无往而不利，历久而常胜。

古代无数勇武强悍、组织紧密、纪律森严、刻苦奋发的民族所以一个个在历史上消失，从此影踪不见，主要是他们的社会缺乏弹性，在社会教条或宗教教条下僵化了。没有弹性的社会，变成了僵尸式的社会。再凶猛剽悍的僵尸，毕竟是僵尸，终究会倒下去的。

七

中国的古典小说基本上是反权威的。

《红楼梦》反对科举功名，反对父母之命的婚姻，颂扬自由恋爱，是对当时正统思想的叛逆。《水浒传》中的英雄杀人放火，打家劫舍，虽然最后招安，但整部书写的是杀官造反，反抗朝廷。《西游记》中最精彩的部分是写孙悟空大闹天宫，反抗玉皇大帝。《三国演义》写的是历史故事，然而基本主题是"义气"而不是"正统"。《封神榜》作为小说并不重要，但对民间的思想风俗影响极大，写的是武王伐纣，"天下者非一人之天下，唯有德者居之"，最精彩部分是写哪吒反抗父亲的权威。《金瓶梅》描写人性中的丑恶（孙述宇先生精辟地分析指出，主要是刻画人性的贪、嗔、痴三毒），与"人之初，性本善"的正统思想相反。《三侠五义》中最精彩的人物是反朝廷时期的白玉堂，而不是为官府服务的御猫展昭。

武侠小说基本上承继中国古典小说的传统。

武侠小说所以受到中国读者的普遍欢迎，原因之一是，其中根本的道德观念，是中国大众所普遍同意的。武侠小说又称为侠义小说。"侠"是对不公道的事激烈反抗，尤其是指为了平反旁人所受的不公道而努力。西方人重视争取自己的权利，这并不是中国人意义中的"侠"。"义"是重视人与人之间的感情，往往具有牺牲自己的含义。

"武"则是以暴力来反抗不合正义的暴力。中国人向来喜欢小说中重视义气的人物。在正史上，关羽的品格、才能与诸葛亮相差极远，然而在民间，关羽是到处受人膜拜的"正神"、"大帝"，诸葛亮不过是个十分聪明的人物而已。因为在《三国演义》中，关羽是义气的象征而诸葛亮只是智慧的象征，中国人认为，义气比智慧重要得多。《水浒传》中武松、李逵、鲁智深等人既粗暴，又残忍，破坏一切规范，那不要紧，他们讲义气，所以是英雄。许多评论家常常表示不明白，宋江不文不武，猥琐小吏，为什么众家英雄敬之服之，推之为领袖。其实理由很简单，宋江讲义气。

"义气"在中国人道德观念中非常重要。不忠于皇帝朝廷，造反起义，那是可以的，因为中国人的反叛性很强。打僧谤佛，咒道骂尼，那是可以的，因为中国人不太重视宗教。偷窃、抢劫、谋杀、通奸、残暴等等罪行，中国民间对之憎厌的程度，一般尚不及外国社会中之强烈。但不孝父母绝对不可以，出卖朋友也绝对不可以。从社会学的观念来看，"孝道"对繁衍种族、维持社会秩序有重要作用；"义气"对忠诚团结、进行生存竞争有重要作用。"人情"对消除内部矛盾、缓和内部冲突有重要作用。

同样是描写帮会的小说，西洋小说中的《教父》、《天使的愤怒》（Rage of Angels）、《最后的教父》（The Last Don）等等中黑手党的领袖，可以毫无顾忌地残杀自己同党兄弟，这在中国的小说中决计不会出现，因为中国人讲义气，绝对不能接受。法国大小说家雨果的《悲惨世界》中那个只重法律而不顾情义的警察，中国人也绝对不能接受。

士大夫也并非不重视义气。《左传》、《战国策》、《史记》等史书中记载了不少朋友之间重义气的史实，予以歌颂赞美。

西汉吕后当政时，诸吕想篡夺刘氏的权位，陈平与周勃合谋平诸吕之乱。那时吕禄掌握兵权，他的好朋友郦寄骗他出游而解除兵权，终于尽诛诸吕。诛灭诸吕是天下人心大快的事，犹如今日的扑灭"四人帮"，但当时大多数人竟然责备郦寄出卖朋友（《汉书》："天下以郦寄为卖友"）。这种责备显然并不公平，将朋友交情放在"政治大义"之上。不过"朋友决不可出卖"的观念，在中国人心中确是根深蒂固，牢不可拔。

至于为了父母而违犯国法，传统上更认为天经地义。儒家有一个有名的论题：舜的父亲如果犯了重罪，大法官皋陶依法行事，要处以极刑，身居帝位的舜怎么办？标准答案是：舜应当弃了帝位，背负父亲逃走。

"大义灭亲"这句话只是说说好听的。向来极重亲情、人情的中国人很少真的照做。倒是"法律不外乎人情"、"情理法兼顾"的话说得更加振振有词。说是"兼顾",实质是重情不重法。

中国人的传统观念中,"情"总比"法"重要。诸葛亮挥泪斩马谡得人称道,但如他不挥泪,评价就大大不同了,重点似乎是"挥泪"而不在"斩"。

八

一个民族的生存与兴旺,真正基本毕竟在于生产。中华民族所以历久常存,基础建立在极大多数人民勤劳节俭,能自己生产足够的生活资料。一个民族不可能依靠掠夺别人的生产成果而长期保持生存,更不可能由此而伟大。许多掠夺性的民族所以在历史上昙花一现,生产能力不强是根本原因。

民族的生存竞争首先是在自己能养活自己,其次才是抵御外来的侵犯。

生产是长期性的、没有什么戏剧意味的事，虽然是生存的基本，却不适宜于作为小说的题材，尤其不能做武侠小说的题材。

少数人无法无天不要紧，但如整个社会都无法无天，一切规范律则全部破坏，这个社会决不可能长期存在。然而风调雨顺、国泰民安的情景不适宜作为小说的题材。正如男婚女嫁、养儿育女的正常家庭生活不适宜作为小说的题材。（托尔斯泰《安娜·卡列尼娜》小说的第一句是："幸福的家庭都是相似的；不幸的家庭各有各的不幸。"他写的是不幸的家庭。）但如全世界的男人都如罗密欧，全世界的女人都如朱丽叶，人类就绝种了。

小说中所写的，通常是特异的、不正常的事件与人物。武侠小说尤其是这样。

武侠小说中的人物，决不是故意与中国的传统道德唱反调。路见不平，拔刀相助，是出于恻隐之心；除暴安良，锄奸诛恶，是出于公义之心；气节凛然，有所不为，是出于羞恶之心；锐身赴难，以直报怨，是出于是非之心。武侠小说中的道德观，通常是反正统，而不是反传统。

正统是只有统治者才重视的观念，不一定与人民大众的传统观念相符。韩非指责"儒以文乱法，侠以武犯禁"，是站在统治者的立场，指责儒家号召仁爱与人情，扰乱了严峻的统治，侠者以暴力为手段，干犯了当局的镇压手段。

古典小说的传统，也即是武侠小说所接受的传统，主要是民间的，常常与官府处于对立地位。

九

武侠小说的背景主要都是古代社会。

拳脚刀剑在机关枪、手枪之前毫无用处，这固然是主要原因。另一个重要原因是，现代社会的利益，是要求法律与秩序，而不是破坏法律秩序。

武侠小说中英雄的各种行动—— 个人以暴力来自行执行"法律正义"，杀死官吏，组织非法帮会，劫狱，绑架，抢劫等等，在现代是反社会的，不符合人民大众的利益。

这等于是恐怖分子的活动，极少有人会予同情，除非是心智不正常的人。因为现代正常的国家中，人民与政府是一体，至少理论上是如此，事实上当然不一定。

古代社会中侠盗罗宾汉、梁山泊好汉的行径对人民大众有利，施之于现代社会中却对人民大众不利。除非是为了反抗外族侵略者的占领，或者是反对极端暴虐、不人道、与大多数人民为敌的专制统治者。

幸好，人们阅读武侠小说，只是精神上有一种"拥护正义"的感情，从来没有哪一个天真的读者去模仿小说中英雄的具体行动。说读了武侠小说的孩子会入山拜师练武，这种说法或事迹，也几十年没听见了。大概，现代的孩子们都聪明了，知道就算练成了武功，也敌不过一枝手枪，也不必这样辛苦地到深山中去拜师了。

十

我没有企图在《鹿鼎记》中描写中国人的一切性格，

非但没有这样的才能，事实上也决不可能。只是在韦小宝身上，重点地突出了他善于适应环境与讲义气两个特点。

这两个特点，一般外国人没有这样显著。

善于适应环境，在生存竞争上是优点，在道德上可以是善的，也可以是恶的。就韦小宝而言，他大多数行动不值得赞扬，不过在清初那样的社会中，这种行动对他很有利。

如果换了一个不同环境，假如说在现代的瑞士、芬兰、瑞典、挪威这些国家，法律相当公道而严明，社会的制裁力量很强，投机取巧的结果通常很糟糕，规规矩矩远比为非作歹为有利，韦小宝那样的人移民过去，相信他为了适应环境，会选择规规矩矩地生活。虽然，很难想象韦小宝居然会规规矩矩。

在某一个社会中，如果贪污、作弊、行骗、犯法的结果比洁身自爱有利，更应当改造的是这个社会和制度。小说中如果描写这样的故事，谴责的也主要是社会与制度。就像《官场现形记》等等小说一样。

十一

中国人的重视人情与义气，使我们在生活中平添不少温暖。在艰难和贫穷的环境中，如果大家再互相敌视，在人与人的关系中充满了冷酷与憎恨，这样的生活很难过得下去。

在物质条件丰裕的城市中可以不讲人情、不讲义气，生活当然无聊乏味，然而还活得下去。在贫乏的农业社会中，人情是必要的。在风波险恶的江湖上，义气是至高无上的道德要求。

然而人情与义气讲到了不顾原则，许多恶习气相应而生。中国的政治与中国人太讲人情义气有直接关联。拉关系、组山头、裙带风、不重才能而重亲谊故旧、走后门、不讲公德、枉法舞弊、隐瞒亲友的过失……合理的人情义气固然要讲，不合理的损害公益的人情义气也讲。结果是一团乌烟瘴气，"韦小宝作风"笼罩了整个社会。

对于中国目前的处境，"韦小宝作风"还是少一点为妙。

然而像西方社会中那样，连父母与成年子女之间也没有多大人情好讲，一切公事公办，丝毫不能通融，只有法律，没有人情；只讲原则，不顾义气，是不是又太冷酷了一点呢？韦小宝如果变成了铁面无私的包龙图，又有什么好玩呢？

小说的任务并不是为任何问题提供答案，只是叙述在那样的社会中，有那样的人物，他们怎样行动，怎样思想，怎样悲哀与欢喜。

十二

以上是我在想到韦小宝这小家伙时的一些拉杂感想。

坦白说，在我写作《鹿鼎记》时，完全没有想到这些。在最初写作的几个月中，甚至韦小宝是什么性格也没有成形，他是慢慢、慢慢地自己成长的。

在我的经验中，每部小说的主要人物在初写时都只是一个简单的、模糊的影子，故事渐渐开展，人物也渐渐明朗起来。

我事先一点也没有想到，要在《鹿鼎记》中着力刻画韦小宝善于（不择手段地）适应环境和注重义气这两个特点，不知怎样，这两种主要性格在这个小流氓身上显现出来了。

朋友们喜欢谈韦小宝。在台北一次座谈会中，本意是讨论"金庸小说"，结果四分之三的时间都用来辩论韦小宝的性格。不少读者问到我的意见，于是我自己也来想想，试图分析一下。

这里的分析半点也没有"权威性"，因为这是事后的感想，与写作时的计划与心情全然无关。我写小说，除了布局、史实的研究与描写之外，主要是纯感情性的，与理智的分析没有多大关系。因为我从来不想在哪一部小说中，故意表现怎么样一个主题。如果读者觉得其中有什么主题，那是不知不觉间自然形成的。相信读者自己所作的结论，互相间也不太相同。

从《书剑恩仇录》到《鹿鼎记》，这十几部小说中，我感到关切的只是人物与感情。韦小宝并不是感情深切的人。《鹿鼎记》并不是一部重情的书。其中所写的比较特殊的感情，是康熙与韦小宝之间君臣的情谊，既有矛盾冲突，又有情谊友好的复杂感情。这在别的小说中似乎没有人写过。

韦小宝的身上有许多中国人普遍的优点与缺点，但韦小宝当然并不是中国人的典型。民族性是一种广泛的观念，而韦小宝是独特的、具有个性的一个人。刘备、关羽、诸葛亮、曹操、阿Q、林黛玉等身上都有中国人的某些特性，但都不能说是中国人的典型。中国人的性格太复杂了，一万部小说也写不完的。孙悟空、猪八戒、牛魔王、铁扇公主他们都不是人，但他们身上都有中国人的某些特性，因为写这些"妖精"的人是中国人。

这些意见，本来简单地写在《鹿鼎记》的《后记》中，但后来觉得作者不该多谈自己的作品，这徒然妨碍读者自行判断的乐趣，所以写好后又删掉了。何况作者对于自己所创造的人物，总有偏爱。"癞痢头儿子自家好"，不可能有比较理性的分析。事实上，我写《鹿鼎记》写了五分之一，便已把"韦小宝这小家伙"当做了好朋友，多所包容，颇加袒护，中国人重情不重理的坏习气发作了。此供谈助。

匆匆成篇，想得并不周到。

一九八一年十月

附

录

月云

　　一九三几年的冬天，江南的小镇，天色灰沉沉的，似乎要下雪，北风吹着轻轻的哨子。突然间，小学里响起了当啷、当啷的铃声，一个穿着蓝布棉袍的校工高高举起手里的铜铃，用力摇动。课室里二三十个男女孩子嘻嘻哈哈的收拾了书包，奔跑到大堂上去排队。四位男老师、一位女老师走上讲台，也排成了一列。女老师二十来岁年纪，微笑着伸手拢了拢头发，坐到讲台右边一架风琴前面的凳上，揭开了琴盖，嘴角边还带着微笑。琴声响起，小学生们放开喉咙，唱了起来：

一天容易，夕阳又西下，

铃声报放学，欢天喜地各回家，

先生们，再会吧……

唱到这里，学生们一齐向台上鞠躬，台上的五位老师也都笑眯眯地鞠躬还礼。

小朋友，再会吧……

前面四排的学生转过身来，和后排的同学们同时鞠躬行礼，有的孩子还扮个滑稽的鬼脸，小男孩宜官伸了伸舌头。他排在前排，这时面向天井，确信台上的老师看不到他的顽皮样子。孩子们伸直了身子，后排的学生开始走出校门，大家走得很整齐，很规矩，出了校门之后才大声说起话来："顾子祥，明天早晨八点钟来踢球！""好。""王婉芬，你答应给我的小鸟，明天带来！""好的！"

男工万盛等在校门口，见到宜官，大声叫："宜官！"笑着迎过去，接过宜官提着的皮书包，另一只手去拉他的手。宜官缩开手，不让他拉，快步跑在前面。万盛也加快脚步追了上去。

两人走过了一段石板路，过了石桥，转入泥路，便到了乡下。经过池塘边柳树时，万盛又去拉宜官的手，宜官仍是不让他拉。万盛说："少爷说的，到池塘边一定要拉住宜官的手。"宜官笑了，说："爸爸怕我跌落池塘吗？万盛，你去给我捉只小鸟，要两只。"

万盛点头，说："好的，不过现在没有，要过了年，到春天，老鸟才会孵小鸟。"

"鸟儿也过年吗？它们过年拜不拜菩萨？"

"鸟儿不会过年，它们唱歌给菩萨听。到了春天，天气暖和了，小鸟孵出来才不会冻死。"

两人说着走着，回到了家，万盛把宜官送到少奶奶跟前，表示平安交差，宜官叫声："姆妈！"就回自己房去，他挂念着他的八只白色瓷器小鹅。

"月云，月云！拿白鹅出来排队！"

月云是服侍他的小丫头，答应道："噢！"拉开抽屉，小心翼翼地把瓷鹅一只一只拿出来，放在桌上。她黄黄的脸上罩着一层阴郁的神色，小小的手指一碰上瓷鹅的身子就立刻缩开，似乎生怕碰坏了鹅儿。

宜官把瓷鹅排成两排，每排四只，左右相对，他唱了起来："小朋友，再会吧……哈哈，哈哈，咦！"拿起右边的一只小鹅，仔细审视它的头颈。长长的头颈中有一条裂痕，"咦！"左手稍稍使劲，鹅颈随着裂痕而断，啪的一声，鹅头掉在桌上。"月云，月云！"叫声发颤，既有伤心，又有愤怒，小脸慢慢涨红了，红色延伸到耳朵，拿着没了头的瓷鹅的右手轻轻发颤。

"不是我，不是我打断的！"

月云吓得脸上有点变色，右手不由自主的挡在自己面前，似乎怕宜官打她。她和宜官同年，但几乎矮了一个头，头发黄黄的稀稀落落，如果宜官要打，她逃也不敢逃，两条腿已在轻轻发抖了。

宜官蓦地里感到说不出的悲哀，他也不是特别喜爱这些瓷鹅，只是觉得八只鹅中突然有一只断了头，一向圆满喜乐的生活忽然遇上了缺陷，这缺陷不是自己造成的，是一股不知从何而来的外力突然打击过来，摧毁了一件自己喜爱的物事。他应付不来这样的打击，瞧着左边一排四只小鹅，而右边一排只有三只，一只断头的小鹅躺在一旁。他忽然坐倒在地，放声大哭。

月云更加不知如何是好了，如果宜官伸手打她的头，她默默忍受就是了，哭也不敢哭，因为那个鹅头确是她不小心碰断了的。当时她马上去找大姐姐瑞英。瑞英是少奶奶（宜官的妈妈）的赠嫁丫头，她从小服侍小姐，小姐嫁过来时，小姐的爹娘就把她当作礼物，送给了姑爷家。姑爷在镇上管钱庄，时常不在家，小姐懦弱而疏懒，瑞英就帮小姐管家，管理官官宝宝们（别的地方叫少爷、小姐。在江南，如果老太爷、老奶奶在堂，第二代的叫作少爷、少奶奶、小姐；第三代的是官官、宝宝），管理厨子、长工和丫头。瑞英心好，见月云吓得发抖，叫她不用怕，出了个主意，把熟粽子的糯米舂成了糊，做成粽胶，把断了的鹅颈粘了起来。

瑞英听得宜官的哭声，忙赶过来安慰，唱起儿歌来："宜官宜官乖官官，卖鹅客人不老实……"宜官问："瑞英姐姐，什么卖鹅客人不老实？"

瑞英撒谎："昨天街上卖这八只鹅给我们的卖鹅客人，是个滑头，八只鹅中有一只是断了头颈的。他骗我们，用棕胶粘了起来，假装八只鹅都是好的。"她又唱了："宜官宜官乖官官，卖鹅客人不老实……"江南人一般上很有礼貌，不大说粗鲁的话，把卖瓷鹅的小贩称为"卖鹅客人"，这只鹅的头颈这样容易断，可能本来真的有裂缝，但瑞英只说他"不老实"，轻轻的责备一句话就拉开了。月云小小的脸上现出了一点点笑容，大大的放心了。

宜官心中落了实，找到了这一场灾祸的原因，不再是莫名其妙、毫没来由地忽遭打击。他知道是一个陌生人的"不老实"，不是身边亲人瞒骗他、欺负他，于是安心了。拿起床边一本昨天没看完的小说来看，是巴金先生的小说，他哥哥从上海买来的，不知是《春天里的秋天》，还是《秋天里的春天》，说一个外国小男孩和马戏团的一个小女孩成了好朋友，有一点少年人的恋情，可惜两个人在一起玩不了多久,就给大人硬生生地拆开了,不许他们两人再在一起玩。宜官看着看着,心里感到一阵阵沉重的凄凉,带着甜蜜的凄凉,有点像桌上那盆用雨花石供着的水仙花,甜甜的香,香得有些寂寞和伤心。水仙还没有谢,但不久就会憔悴而萎谢的。

瑞英见宜官脸上流下了泪珠,以为他还在为瓷鹅断颈而难过,轻轻拍着他的背,低声哼唱:"宜官宜官乖官官……"

月云把一只铜火炉移近到宜官身边,好让他温暖一些。宜官在朦朦胧胧中看到月云黄黄的脸,想到了妈妈在月云初来时的说话:"人倒是端正的,也没有跷手跷脚,就是乡下没啥吃的,养得落了形,又黄又瘦,快十岁了,还这样矮……"月云的妈妈全嫂说:"少奶奶,我们苦人家,吃饭有一顿没一顿的。镬子里饭不够,总是让她爸爸和哥哥先吃,男人吃饱了,才有力气到田地里做生活。我…… 我吃少了饭不生奶水,小娃子没奶吃要饿死,所以…… 所以学云常常吃不饱,热天里还没割稻时,米缸里没米,学云成天不吃饭……"宜官的妈妈叹气说:"真是罪过……"

宜官斜眼瞧着学云,说:"学云不肯吃饭,调皮,不乖……"

全嫂说:"官官啊,学云不是不肯吃饭,是想吃没得吃。"宜官有时不高兴了,就不肯吃饭,表示不满,最长久的一次,是因为妈妈给他做的拖鞋上绣的蝴蝶不好看,蝴蝶翅膀只绣一条边线就算了事,不像二伯父家静姐姐的拖鞋,蝴蝶的翅膀用不同颜色绣了实地,好看得多,后来妈妈央静姐姐绣了两块实地蝴蝶的鞋面,宜官才高高兴兴地笑了。在他不肯吃饭的时候,妈妈和瑞英常说他"不乖,调皮",他以为学云不吃饭,也是像他一样使小性儿捣蛋。

学云是原来的名字。她爸爸初次领着她来宜官家里时,宜官的爸爸说:"学云的名字,听起来好像是岳云,那是岳爷爷的公子,冒犯不得,不如改作月云。"她爸爸连忙陪笑说:"好,好,少爷改得好,我们乡下人不懂事。"在那小镇一带,"学"字的声音和"岳"字几乎相同,岳飞岳爷爷是在杭州就义的,杭州离那小镇不远,岳爷爷很受当地人尊敬崇拜。从此之后,学云就改成了月云。

在江南这一带，解放之前，穷苦的农民常将女儿卖或押给地主家或有钱人家做丫头。小姑娘通常是十一二岁，可以做一点轻松家务了；八九岁的也有。卖是一笔卖断，一百多块或两百多块银元，看小姑娘的年纪，以及生得好不好，人是不是聪明机灵，手脚是否伶俐而定；押是八九十块或六七十块银元，通常父母在十年后领回，但押的钱要归还。等于向主人家借一笔钱，十年后还钱，不付利息，小姑娘是抵押品，在主人家做工，由主人家供给衣食，没有工钱。虽说是押，但贫农到期通常没钱赎还，不管是卖还是押，小姑娘十八九岁或二十岁了，主人家往往会做主将她嫁到镇上或嫁给别的佃户、长工，能收多少聘金就收多少。如果是买的，几乎像是奴隶，小姑娘伤痛病死主人家没有责任。押的丫头地位略好，虽然主人家常常打骂，有时罚饿饭，但有什么事要去和她父母商量，倘若不幸生病死了，往往会酿成重大纠纷，主人家少不免要赔一笔钱。月云是押的，她父母爱她，不舍得卖。宜官的妈妈说她又黄又瘦，长得很丑，不值得买。

宜官在睡梦中似乎变成了书中那个外国小孩，携着马戏团小女孩的手，两人快快乐乐地在湖边奔跑，那个小女孩好像是月云，笑声很好听。他很少听到月云笑，就是笑起来，声音也决没有这样柔嫩好听。两人见到湖里有许多白色的鹅，白色的羽毛飘在碧绿的湖水上。这些白鹅慢慢排成了两排，隔着柳树相向而对，头颈一伸一缩，好像是在行礼。宜官做个鬼脸，唱了起来：“先生们，再会吧！小朋友，再会吧……”他忽然闻到一阵阵甜香，是烘糖年糕的香气，睁开眼来，见月云拿着一只碟子，送到他面前，笑眯眯地说：“宜官，吃糖年糕。”

　　快过年了，宜官家已做了很多白年糕和糖年糕。糖年糕中调了白糖和蜂蜜，再加桂花，糕面上有玫瑰花、红绿瓜仁以及核桃仁。月云揭开了火炉盖，放一张铜丝网罩，把糖年糕切成一条一条的烘热。年糕热了之后，糕里的气泡胀大开来，像是一朵朵小花含苞初放。

　　宜官接过筷子，吃了一条，再夹一条提起，对月云说：“月云，伸出手来！”月云闪闪缩缩的伸了右手出来，左手拿过一根竹尺，递给宜官，眼中已有了泪水。宜官说："我不打你！"把烘得热烘烘的一条糖年糕放在月云伸出的右掌里，月云吓了一跳，"啊"的一声叫。宜官说："烫的，慢慢吃！"月云胆怯地望着宜官，见到他鼓励的神色，似信非信地把年糕送到嘴里，一条年糕塞满了她小嘴。她慢慢咀嚼，向身后门口偷偷瞧了瞧，怕给人见到。宜官说："好吃吗？吃了还有。"月云用力将年糕吞下肚去，脸上满是幸福满足的神色。她从来没吃过糖年糕，一生之中，连糖果也没吃过几粒。过去烘糖年糕给宜官吃，闻到甜香，只有偷偷的咽下唾液，不敢给人听到见到。

过了几天，全嫂抱着几个月大的小儿子，来看望女儿。瑞英留她吃了饭，又包了两块肉，让她带回去给丈夫和儿子吃。月云抱了小弟弟，送妈妈出了大门，来到井栏边，月云不舍得妈妈，拉着全嫂的围裙，忽然哭了出来。宜官跟在她们后面，他拿着一个摇鼓儿，要送给小孩儿玩。他听得全嫂问女儿："学云乖，别哭，在这里好吗？"月云点头。全嫂又问："少爷少奶奶打你骂你吗？"月云摇头，呜咽着说：

"妈妈，我要同你回家去。"全嫂说："乖宝，不要哭，你已经押给人家了，爸爸拿了少爷的钱，已买了米大家吃下肚了，还不出钱了。你不可以回家去。"月云慢慢点头，仍是呜咽着说："姆妈，我要同你回家去，家里没米，以后我不吃饭好了。我困在姆妈、爸爸脚横头。"全嫂搂着女儿，爱怜横溢地轻轻抚摸她的头发，说道："乖宝别哭，我叫爸爸明天来看你。"月云点头，仍是拉着妈妈不放。全嫂又问："乖宝，宜官打你、骂你吗？"月云大力摇头，大声说："宜官给我吃糖年糕！"语气中有些得意。

宜官心里一怔："吃糖年糕有什么了不起？我天天都吃。"跑上前去，将摇鼓儿摇得咚咚的响，说道："月云，这个给小弟弟玩。"

月云接了过去，交在弟弟手里，依依不舍地瞧着母亲抱了弟弟终于慢慢走远。全嫂走得几步，便回头望望女儿。

后来宜官慢慢大了，读了更多的巴金先生的小说，他没有像《家》中的觉慧那样，和家里的丫头鸣凤发生恋爱，因为他觉得月云生得丑，毫不可爱，但懂得了巴金先生书中的教导，要平等待人，对人要温柔亲善。他永远不会打月云、骂月云，有时还讲小说中的故事给她听。他讲故事的本领很好，同学们个个爱听他讲。月云却毫不欣赏，通常不信。"猴子只会爬树，怎么会飞上天翻筋斗？猴子不会说话的，也不会用棍子打人。""猪猡蠢死了，不会拿钉耙。钉耙用来耙地，不是打人的。"宜官心里想："你才蠢死了。"从此就没了给她讲故事的兴趣。

宜官上了中学。日本兵占领了这个江南小镇，家中长工和丫头们星散了，全家逃难逃过钱塘江去。妈妈在逃难时生病，没有医药而死了，宜官两个亲爱的弟弟也死了。宜官上了大学，抗战胜利，宜官给派到香港工作。月云没有跟着少爷、少奶奶过江。宜官不再听到她的消息，不知道她后来怎样，乱世中很多人死了，也有很多人失了踪，不知去向。宜官跟家里写信时，不曾问起月云，家里兄弟姊妹们的信中，也不会有人提起这个小丫头。

从山东来的军队打进了宜官的家乡，宜官的爸爸被判定是地主，欺压农民，处了死刑。宜官在香港哭了三天三晚，伤心了大半年，但他没有痛恨杀了他爸爸的军队。因为全中国处死的地主有上千、上万，这是天翻地覆的大变乱。在宜官心底，他常常想到全嫂与月云在井栏边分别的那晚情景。全中国的地主几千年来不断迫得穷人家骨肉分离、妻离子散。千千万万的月云偶然吃到一条糖年糕就感激不尽，她常常吃不饱饭，挨饿挨得面黄肌瘦，在地主家里战战兢兢，经常担惊受怕。那时她还只十岁不到，她说宁可不吃饭，也要睡在爸爸妈妈脚边，然而没有可能。宜官想到时常常会掉眼泪，这样的生活必须改变。他爸爸的田地是祖上传下来的，他爸爸、妈妈自己没有做坏事，没有欺压旁人，然而不自觉的依照祖上传下来的制度和方式做事，自己过得很舒服，忍令别人挨饿吃苦，而无动于衷。

宜官姓查，"宜官"是家里的小名，是祖父取的，全名叫做宜孙，因为他排行第二，上面还有一个哥哥。宜官的学名叫良镛，"良"是排行，他这一辈兄弟的名字中全有一个"良"字。后来他写小说，把"镛"字拆开来，笔名叫做"金庸"。

金庸的小说写得并不好。不过他总是觉得，不应当欺压弱小，使得人家没有反抗能力而忍受极大的痛苦，所以他写武侠小说。他正在写的时候，以后重读自己作品的时候，常常为书中人物的不幸而流泪。他写杨过等不到小龙女而太阳下山时，哭出声来；他写张无忌与小昭被迫分手时哭了；写萧峰因误会而打死心爱的阿朱时哭得更加伤心；他写佛山镇上穷人钟阿四全家给恶霸凤天南杀死时热血沸腾，大怒拍桌，把手掌也拍痛了。他知道这些都是假的，但世上有不少更加令人悲伤的真事，旁人有很多，自己也有不少。

原刊于二〇〇〇年一月二十五日上海《收获》杂志

金庸访问记

时间：一九六九年八月二十二日下午九时至十时

地点：香港大坑道金庸的书房

林以亮策划·陆离记录·翁灵文摄影

列席：王敬羲

林以亮：第一个问题。宋朝有一个词人，柳永。当时流传有这么一句话：只要有井水的地方，就有人会唱柳永的词。现在，我们也可以说同样的这么一句话：凡是有中国人、有唐人街的地方，就有金庸的武侠小说。那么，请问金庸先生，你是怎么开始写武侠小说的？

金庸：最初，主要是从小就喜欢看武侠小说。八九岁就在看了。第一部看《荒江女侠》，后来看《江湖奇侠传》、《近代侠义英雄传》等等。年纪大一点，喜欢看白羽的。后来在《新晚报》做事，报上需要有篇武侠小说，我试着开始写了一篇，就写下去了。那篇小说叫做《书剑恩仇录》。

林以亮：一般写小说、写戏剧，总有两个不同的出发点。有人说，应该先有人物，后有故事。另外也有人说，应该先有故事，然后根据故事，再写人物。那么，请问你写小说的时候，是人物重要呢，还是故事重要呢？

金庸：依我自己的经验，第一部小说我是先写故事的。我在自己家乡从小就听到乾隆皇帝下江南的故事，关于他其实是汉人，是浙江海宁陈家的子孙之类。这故事写在《书剑恩仇录》中，初次执笔，经验不够啦，根据从小听到的传说来做一个骨干，自然而然就先有一个故事的轮廓。后来写《天龙八部》又不同，那是先构思了几个主要的人物，再把故事配上去。我主要想写乔峰这样一个人物，再写另外一个与乔峰互相对称的段誉，一个刚性，一个柔性，这两个性格相异的男人。

王敬羲：最近你在《明报》连载的《笑傲江湖》，也是先有人物，后有故事吧？

金庸：是的，我个人觉得，在小说里面，总是人物比较重要。尤其是我这样每天写一段，一个故事连载数年，情节变化很大。如果在发展故事之前，先把人物的性格想清楚，再每天一段一段地想下去，这样，有时故事在一个月之前和之后，会有很大的改变，倘若故事一路发展下去，觉得与人物的个性相配起来，不大合理，就只好改一改了。我总希望能够把人物的性格写得统一一点、完整一点。故事的作用，主要只在陪衬人物的性格。有时想到一些情节的发展，明明觉得很不错，再想想人物的性格可能配不上去，就只好牺牲这些情节，以免影响了人物个性的完整。

林以亮：所以我看你的小说，就有一个印象，觉得你那些小说与别人不同的地方，就在于你的人物创作，非常成功，很有个性，而故事情节，则随着人物的性格而发展，这样就避免了所谓闹剧的倾向。

金庸：你这样说，不敢当了。

林以亮：另外我还有一个印象，觉得，你一连几本小说的男主角，都有一个同一的发展原则，即集大成者。譬如《书剑恩仇录》的陈家洛，《碧血剑》的袁承志，《射雕英雄传》的郭靖，《神雕侠侣》的杨过，《倚天屠龙记》的张无忌，以至现在《笑傲江湖》里的令狐冲，他们的武功，都并非从一派而来，他们的师父，总有好几个，意外的机缘，也有很多，然后本身集大成。这算不算是你个人的一种信念呢？

金庸：这倒不是故意如此，大概只是潜意识地，自然而然就这样吧。又也许因为，一般写武侠小说，总习惯写得很长，而作者又假定读者对于男主角作为一个人的成长，会比较感兴趣。如果我们希望男主角的成长过程，多彩多姿，他的武功要是一学就学会，这就未免太简单了。而且，我又觉得，即使是在实际的生活之中，一个人的成长，那过程总是很长的。一个人能够做成功一个英雄，也绝不简单。

林以亮：还有一个印象，也许只是我个人的印象，就是你那些武侠小说的男主角，在他的成长过程当中，不管是人生的成长过程，或是武功的成长过程，发展到最后，每个英雄都总会发展到一个最高的境界。这最高的境界，也许我们可以借用王国维《人间词话》那三种境界的最后一种来说明一下："众里寻他千百度，蓦然回首，那人却在灯火阑珊处。"这境界，似乎是那男主角自己悟出来的。譬如说，杨过，发展到最后，起先是用铁剑，后来是用木剑，最后是根本不用剑。还有张无忌，跟张三丰学太极剑，最后目的竟是要把学来的剑法都忘掉了。师徒两人练剑的时候，张三丰问他："你忘掉多少啦？"张无忌回答："忘掉一半啦。"后来又再问。总之是要把剑招全部忘掉。现在《笑傲江湖》的令狐冲，最后"独孤九剑"，也是没有招数的。甚至陈家洛，也是看了《庄子》，而悟出来了一种道理，达到武功的最高境界。这都是不约而同的，有这么一个相同的倾向。关于这一点，你私人的看法怎么样？

金庸：这大概是有一点受了中国哲学的影响。中国古代一般哲学家都认为，人生到了最高的境界，就是淡忘，天人合一，人与物，融成一体。所谓"无为而治"其实也是这种理想的境界之一。这是一种很可爱的境界，所以写武侠小说的时候，就自然而然希望主角的武功，也是如此了。

王敬羲：你有没有跟一些武术大师商谈过，他们也同意你这样描写么？

金庸：我没有跟真正的武术高手正式谈过，但是我想中国高手相互比武的时候，也不一定会想到这一下是什么招，这一下又是什么招，总是自然而然的，到时招数自然就出来了。

王敬羲：你在武侠小说里又常常喜欢描写两位高手比武，大家凝住不动，谁也不肯先发招。我看过一部日本武侠片，讲一个高手只有一只眼睛，其中有一个比武场面，也是这样的，这倒是不谋而合哩。

金庸：这种情形，在人生里面，也常会出现。譬如两军对垒几个月，谁也不肯先动手。也许在西方的兵法里面，有所谓"先发制人"，但是我国太极拳却有"后发制人"之说，愈是后发制人，愈占便宜。这是两种不同的哲学。不过如果双方都坚持后发制人，那当然也有问题，这样大家都不发，便可能长期地僵持下去了。

林以亮：关于你的个别小说，这里又有几个问题。譬如我看《神雕侠侣》，就有一个很深刻的印象。那男主角杨过，是个残废，这在普通人看来，会武功的人竟然残废，这简直是不可想象。然后女主角小龙女，又是失贞。在中国传统思想看来，一个女主角失了贞，这同样是不可想象。但是你却能够把一个残废的男主角，一个失贞的女主角，都写成被人同情的，这可说是一个非常特别的大胆的尝试。这是否也可以算是自己替自己出难题呢？

金庸：我当初决定这样写，也许是因为写武侠小说的人很多，已有的作品也很多，自己写的时候，最好避免写一些别人已经写过的。一般武侠小说的男女主角总是差不多完美，所以我就试着写男女主角双方都有缺憾，看看是否可以。另外我还有一个尝试，就是《天龙八部》的乔峰。其他小说男主角的武功都是一步一步练起来的，唯独乔峰却好像天生武功便是这样好。有些读者来信问为什么。我的回答是：求变。就是不想每一部小说男主角的发展过程都是一样。所以关于乔峰的武功来源，也就不讲了，就让他好像生来便是如此。

林以亮：还有《倚天屠龙记》，我也有一点感想。譬如本来我们一直以为是反派的赵敏，结果原来是正派的。我们一直以为是正派的周芷若，最后竟又是反派的。这种安排，算不算又是故意自己为自己出难题呢？

王敬羲：目前连载的《笑傲江湖》也是。那个君子剑岳不群，起先大家都以为他是个正人君子，后来才发觉他原来是个大坏蛋。这是不是你想通过这样的安徘，来表示你对人生的一种看法呢？譬如说，最初大家以为很好的，可能会变得很坏，最初大家都有一个坏印象的，到后来也可能觉得他很好，诸如此类。

金庸：是的，不过关于这一点，《倚天屠龙记》与《笑傲江湖》有些不同。《笑傲江湖》与另一个短篇《素心剑》反而有点相像，都是写一个师父，本性很坏，不过他掩饰得很好，后来才慢慢显露出本来面目。《倚天屠龙记》我要写的却的确是我对人生的一种看法，想表达一个主题，说明这世界上所谓正的邪的，好的坏的，这些观念，有时很难分。不一定全世界都以为是好的，就一定是好的，也不一定全世界都以为是坏的，就一定是坏的。所以在《倚天屠龙记》里我本来写一个魔教，后来却对他们同情起来，而所谓正派的人物，也不一定真的很正派。我想写的跟其他武侠小说有点不同的就是：所谓邪正分明，有时不一定那么容易分。人生之中，好坏也不一定容易分。同时，一个人由于环境的影响，也可以本来是好的，后来慢慢变坏了，譬如周芷若。而赵敏，则是反过来，本来坏的，由于环境，后来却变好了。这跟《笑傲江湖》不同，《笑傲江湖》的君子剑本来就是伪君子，不过他掩饰得很好而已。

林以亮：现在有一个问题，是很多人都想知道的，就是在你的武侠小说里，那些武术派别，武术招式的来源。当你自己设计的时候，也有动作配合没有，抑或只是一种文字上的游戏？譬如"神龙摆尾"这一招，夏济安先生同他的学生说过，拿粉笔向后面一摔，就是"神龙摆尾"。这是说笑话啦。你自己设计的时候又是怎样的？有没有像武侠片那样，也有一个武术指导呢？

金庸:关于武术的书籍，我是稍微看过一些。其中有图解，也有文字说明。譬如写到关于拳术的，我也曾参考一些有关拳术的书，看看那些动作，自己发挥一下。但这只是少数。大多数小说里面的招式，都是我自己想出来的。看看当时角色需要一个什么样的动作，就在成语里面，或者诗词与四书五经里面，找一个适合的句子来做那招式的名字。有时找不到适合的，就自己作四个字配上去。总之那招式的名字，必须形象化，就可以了。中国武术一般的招式，总是形象化的，就是你根据那名字，可以大致把动作想象出来。

林以亮:我还有一个印象。在你的武侠小说里面，有好些因素，都是中国的旧小说里面不曾有过的，譬如把现代西方侦探小说的技巧，也运用到武侠小说里面去。这里我不妨举一两个例。一个是《神雕》，譬如起先好像东邪下毒手杀人，到头来却是西毒下的毒手，而一路下来，不但郭靖给瞒过了，连读者也是疑信参半，最后才揭晓。第二个例是周芷若，起先读者都以为她是正派，最后揭晓才知道她是反派。不过关于周芷若你刚才也解释过，那是故意表明环境可以使一个人变好或变坏了。第三个例就是《笑傲江湖》的聋哑婆婆，起先大家都不知道她是谁，最后揭晓才知道原来是仪琳的母亲。这些，我都觉得你好像是受到了一点西方侦探小说的影响。

金庸：不错，侦探小说我一向都很喜欢看。侦探小说的悬疑与紧张，在武侠小说里面也是两个很重要的因素。因此写武侠小说的时候，如果可以加进一点侦探小说的技巧，也许可以更引起读者的兴趣。

林以亮：那么在现代西方的侦探小说作家中，你最喜欢的是谁？

金庸：阿加莎·克里斯蒂，她的小说我差不多全部看过。我觉得她比较聪明，推理很好。你也喜欢她吗？

林以亮：克里斯蒂我也很喜欢的。连她的舞台剧都很出色，其中之一改编为电影，是个很了不起的故事。那么法国的侦探小说譬如西姆农的，你也喜欢吗？

金庸：法国的侦探小说我看得不多，不过我觉得他们好像很喜欢在侦探小说里面加多一点别的因素，那反而不大像侦探小说了。

林以亮：由侦探小说讲起，我想其他文学作品，你平日看过的当然很多啦，你最喜欢的作家是谁？

金庸：喜欢的都是与本行有关的。譬如司各特、大仲马。他们在英国文坛、法国文坛，地位都不高，但是我个人却最喜欢看这类惊险的、冲突比较强烈的小说。还有史蒂文森，也喜欢的。他们的作风，对我特别有吸引力。

林以亮：你受谁的影响最深？

王敬羲：当然是集大成者。（众笑）

金庸：开玩笑，不敢当啦。

林以亮：也许是自己悟出来的。（众大笑）

金庸（笑）：这样就不敢讲下去了。其实，武侠小说虽然也有一点点文学的意味，基本上还是娱乐性的读物，最好不要跟正式的文学作品相提并论，比较好些。"纯文学"这次访问，其实也是不大合适的啦，不过老朋友一起谈谈，也无所谓。

林以亮：刚才你说，看以前的武侠小说，最先看《荒江女侠》《江湖奇侠传》，后来看白羽，那么还珠楼主呢？你喜欢他吗？

金庸：还珠也喜欢的，他的想象力很丰富，不过他的文字，我却不大喜欢。

王敬羲：是不是还珠受旧小说影响太深了？

金庸：也不是。旧小说也有文字很好的。主要是他的文字太啰嗦了，有时一个句子，可以写整整一页，这些我都不太喜欢。

林以亮：当时我们在国内，看武侠小说，总分为两派，一派是白羽派，一派是还珠派。大家就在那里争论。我个人比较喜欢还珠，不喜欢白羽。白羽是想走鲁迅的新文艺路线，走不通，才改行去写武侠小说的。还珠的缺点是拖得太长了。稿费的关系，我想。（众笑）譬如《蜀山剑侠》，就拖得太长。倒是几个短的，很不错。譬如《云海争奇记》就比较完整。

现在，再回到你自己的小说上面去。你由开始写武侠小说到现在，长篇的一共也写了九部到十部啦，你自己最喜欢哪一部？但在你回答之前，我要先给你限定一个范围。因为，譬如当你访问一个导演或者一个男演员、女演员的时候，你问他们最喜欢自己哪一部戏，他们总是说，最新的一部。（众大笑）

金庸：那么站在作家的立场，为了销路的关系，我必须说是最旧的一部啦。（众笑）如果一定要讲，自己最喜欢哪一部，这真的很难说。

王敬羲：那么我们换过一个方式来问，就是，你写这些武侠小说的时候，获得最大满足的，是哪一部？

金庸：我想我只能说，我最喜欢的人物是哪几个。在我自己所创造的人物里面，我比较喜欢杨过、乔峰这两个人物。对他们的同情心最大。

林以亮：不错，杨过这个人物的遭遇和心境的确有一种苍凉的味道，令人非常同情。

金庸：至于小说，我并不以为我写得很成功，很多时候拖拖拉拉的，拖得太长了。不必要的东西，太多了，从来没有修饰过。本来，即使是最粗糙的艺术品吧，完成之后，也要修饰的，我这样每天写一段，从不修饰，这其实很不应该。就是一个工匠，造成一件手工品，出卖的时候，也要好好修改一番。将来有机会，真要大大的删改一下，再重新出版才是，所以如果问哪一部小说是我自己最喜欢的，这真的很难答复。其中也许只有《雪山飞狐》一部，是在结构上比较花了点心思的。大概因为短的关系，还有点一气呵成的味道。其他的，都拉得太长了。

林以亮：现在又有一个问题，但你可以不回答，因为可能牵涉到商业秘密，那就是，写武侠小说，在酬劳上，收入上，是否可为？

金庸：这问题可以回答，但可能我的回答你不会满意，因为我是个特殊例外。现在《明报》是我自己办的，我也只是在《明报》一份报纸上面写稿，新加坡和马来西亚那边的《新明日报》也是我和当地人士合作创办的。只是为了写武侠小说可以帮忙增加销路，所以每日在自己的报纸上面写一段，这是有这个必要，非写不可，所以酬劳和一般的情形就有点不同，报馆给我的稿费也很少，假定报纸与我没有关系，我就一定不写了，（众笑）我现在写是为了娱乐。但是十部写下来，娱乐性也很差了。也许要停写几年，才再继续写下去也说不定。现在娱乐自己的成分，是愈来愈少了，主要都是娱乐读者。

林以亮：我却不能同意你的看法。我觉得你最近的《笑傲江湖》实际上是又达到了一个新的高峰。我们当然希望你继续写下去，不能够休息三年五年。还有关于《书剑恩仇录》，我觉得其中人物的刻画，情节的发展，有些地方，太像《水浒传》了。也许这是你的第一部小说，所以尚未达到你后来自成一派的境界，不知道你自己以为怎样？

金庸：在写《书剑》之前，我的确从未写过任何小说，短篇的也没有写过。那时不但会受《水浒》的影响，事实上也必然受到了许多外国小说、中国小说的影响。有时不知怎样写好，不知不觉，就会模仿人家。模仿《红楼梦》的地方也有，模仿《水浒》的也有。我想你一定看到，陈家洛的丫头喂他吃东西，就是抄《红楼梦》的。你是研究《红楼梦》的专家，一定会说抄得不好。

林以亮：我不知道你自己是否知道，在美国，有很多地方，都成立了"金庸学会"。中国籍的大学教授、学生，都参加了。我想主要的原因，有以下几点：第一点，你的小说，经常谈到中国儒家、道家、佛家的精神、境界。第二点，里面也经常讲到中国文化的传统道德标准：忠、孝、仁、义。第三点，你的文字，仍然保留了中国文字的优点，很中国化，并没有太像一般文艺作品造句的西洋化，这在异乡的中国人看来，就特别有亲切感。在这种情况下，我觉得你应该继续写下去。

金庸：关于这一件事，我真的不好意思讲了。一些本来纯粹只是娱乐自己、娱乐读者的东西，让一部分朋友推崇过高，这的确是不敢当了。我觉得继续写下去，很困难。虽然为了报纸，有这个必要。有些读者看惯了，很想每天一段看下去。但是我每多写一部书，就愈觉困难，很难再想出一些与以前不重复的人物、情节，等等。我想试试看是否可以再走一些新的路线。

林以亮：那么我要讲一个故事了。我有一个好朋友，夏济安，不幸在美国病故了。他也非常喜欢看武侠小说。在你写武侠小说之前，他跟我说过，说武侠小说这门东西，大有可为，因为从来没有人好好写过。他说，将来要是实在没有其他办法，他一定想法子写武侠小说。后来，在台湾，忽然有人给他看了你的《射雕英雄传》，他就写封信跟我说："真命天子已经出现，我只好到扶桑国去了。"（众大笑）后来他就到美国去了。所以，站在这个立场，不管你个人以为你自己写的小说怎么样，我们就谈一般的武侠小说吧，你以为，武侠小说，作为娱乐性小说也好，作为文学作品的一种形式也好，它本身的前途怎么样？

金庸：夏济安先生，一直是我的神交了。上次陈世骧教授从日本路经香港，辗转约我吃中饭，讲到夏济安先生很推崇我的作品，所以特别要见见我，告诉我这件事情。可是很可惜总是没有机会见到夏先生一次，甚至连通讯也没有机会。陈先生告诉我，夏先生本来选了一张圣诞卡，想送给我的，因为我在《天龙八部》里有四大恶人，三个男的，一个女的，他就选了一张上面有三个博士去见圣母的圣诞卡，那三个博士画得极难看，他就叫他们做四大恶人。他写好了，后来不知怎样却没有寄出，所以我很遗憾连他一个字也没有收到。夏先生、陈先生本来是研究文学的人，他们对我不像样的作品看重了，我觉得很光荣，同时也很不好意思。武侠小说本身在传统上一直都是娱乐性的，到现在为止好像也没什么有重大价值的作品出现。

王敬羲：可是《水浒传》最初是不是娱乐性作品呢？现在可总不能否定它的文学价值。

金庸：是的，作品本身是哪一种形式，这本来没有多大关系。任何形式都可以有好的作品出来。不过武侠小说到现在为止的确还没有什么好作品出来，除非是以后长期发展下去，数十年后，等到有很多真的好作品出来了，那么也许人们也有可能改观，觉得武侠小说也可以成为文学的一种形式。现在时间还短，那就很难肯定它，只能说，也有可能的。

林以亮：这结论，虽然保守，倒仍是个乐观的结论。

金庸：我想任何一种艺术形式，最初发展的时候，都是很粗糙的。像莎士比亚的作品，最初在英国舞台上演，也是很简陋，只是演给市井的人看。那个有名的 Globe Theatre，都是很大众化的。忽然之间，有几个大才子出来了，就把这本来很粗糙的形式，大家都看不起的形式，提高了。假如武侠小说在将来五六十年之内，忽然有一两个才子出来，把它的地位提高些，这当然也有可能。

王敬羲：我却以为，既然写武侠小说，已经牵涉到想象力，牵涉到人物的刻画、人生观等等，它就已经具备了文学作品所必须具备的条件与因素。我们可以说这种形式现在尚未成熟，但不能否定它的 Potential。从前英国许多小说，譬如 *Tom Jones*，最初的写作目的还不是为了娱乐？现在我们谁也不能否定它的文学价值。所以，刚才金庸先生很谦虚地说，武侠小说直到现在为止还没有好作品出现，且看五六十年之内有没有才子出来把它的地位提高，我们就姑且接纳金庸先生的谦虚，也同时接纳他这个说法吧：就是，武侠小说作为文学作品形式的一种，目前无疑尚未成熟，但是它将来的可能性，我们现在也不能否定。

陆离：也许现在倒有一个问题要决定的，就是，到底金庸的小说，已经是文学作品了呢，抑或不是？（众笑）

王敬羲：哈哈哈哈！很好，那就请林以亮先生做个评价。

林以亮：刚才金庸自己说，武侠小说本身是一种娱乐性的作品。这就与外国的侦探小说，以至广义的惊险小说，性质十分相近。这一类的作品，为它本身的性质所限制，我们如果用"纯文学"的眼光去看，要承认它们是文学作品，这无疑是有点问题。譬如说阿加莎·克里斯蒂的侦探小说，写得这么好，你算不算这些世界一流的侦探小说，是文学作品呢？又如 Dorothy Thayers，也写过一些文字好、风格好、人物刻画极成功的侦探小说，我们又算不算这些世界一流的侦探小说，是文学作品呢？主要的问题我想还是在于出发点。当作者写作的时候，他的出发点如果只是为了娱乐读者，那么，他的作品不论写得怎么成功，作品本身是否可以超越娱乐性作品形式的限制而成为文学作品，这就很难决定了。譬如刚才你们提到 *Tom Jones*，我个人就以为 Fielding 最初写这本小说，他的出发点已经不单纯是为了娱乐读者。他在当时已经存心言之有物，很严肃地通过嬉笑怒骂的表面，去表达出一种内在的对这个社会的批判。正是"满纸荒唐言，一把辛酸泪，都云作者痴，谁解其中味"，这才会出类拔萃，成为后世传诵的文学作品。

王敬羲：很好，那么我们就以一个作者对时代的道义感，对善与恶敏感的强烈程度，来做一个评判的标准吧。请问金庸先生，你在你自己的作品里，有没有一边娱乐读者，一边也尝试放进一些自己的道德感、人生观，以及对这个时代的批判呢？

金庸：近来也有在这方面尝试的企图。不过，林以亮先生说得对，武侠小说本来是一种娱乐性的东西，作品不管写得怎样成功，事实上能否超越形式本身的限制，这真是个问题。你可以这么写，同时也要读者接受才可以。如果看的人一直不当它是严肃的作品来看，写的人也一直不当它是严肃的作品来写，总是儿戏的东西，而自己却尝试在这儿戏东西里面，加进一些言之有物的思想，有时连自己也觉得好玩。外国的名家，他们写惊险小说的时候，也总是化了名字来写的。

林以亮：也许我们可以再问王敬羲一个问题。就是重复问一遍，你以为目前世界一流的侦探小说，是文学作品吗？

王敬羲：如果侦探小说能够写得好，而且言之有物，超越了它本身的限制，我们当然应该称之为文学作品。也许作者自己也不能决定，也许作者并未以为自己的作品已经超越了侦探小说的限制，但是将来写文学史的人，总会知道的。反过来也有一些自以为很严肃的小说家，自以为写了一些很严肃的文学作品，甚至极受同时代读者欣赏、欢迎，可是过了几十年之后，反而没有人再承认他的地位，也是有的。

林以亮：我等的就是这句话。一切都得等待时间来证明，将来去决定。金庸刚才说，武侠小说要等五六十年之内，出一两位大才子把武侠小说的地位提高。那么金庸本人是否就是这样一个才子呢？我们不知道，最合理的讲法就是，

我们同样也要等待五六十年，然后出现一位才子来决定这

问题。正是：欲知后事如何，且听下回分解。

谈武侠小说

　　林翠芬记录整理。一九九四年十月二十五日,《明报》创办人查良镛先生（著名小说作家金庸）在北京大学接受名誉教授荣衔，并作关于中国历史之演讲，继而在十月二十七日又以武侠小说为题演讲，受到北大学生热烈欢迎。查良镛先生首先阐述了中国武侠小说的历史源流，并指出西方文学中同样有武侠小说的传统，他强调中国优秀文化艺术包括传统小说形式应保存发展。查先生在讲座中并回答了同学们的提问。以下根据查先生在北大谈武侠小说的录音记录整理。

—— 编者

各位今天的热烈欢迎，我很感动，这不是因为我有什么学问，有什么所长，而是因为大家喜欢我的小说。（众人鼓掌）

先谈一下武侠小说这个"侠"字的传统。在《史记》中已讲到侠的观念。中国封建王朝对侠有限制，因为侠本身有很大反叛性，使用武力来违犯封建王朝的法律。《韩非子》中说"儒以文乱法，侠以武犯禁"，就是站在统治者的立场表达了这个观点。我以为侠的定义可以说是"奋不顾身，拔刀相助"这八个字，侠士主持正义，打抱不平。历代政府对侠士都要镇压。汉武帝时很多大侠被杀，甚至满门被杀光。封建统治者对不遵守法律、主持正义的人很痛恨。但一般平民对这种行为很佩服，所以中国文学传统中歌颂侠客的诗篇文字很多，唐朝李白的诗歌中就有写侠客的。

武侠小说的三个传统

中国武侠故事大致有两个来源，一个是唐人传奇。唐人传奇主要有三种：一种讲武侠，一种讲爱情，另一种讲神怪妖异。

另一个来源是宋人的话本。宋朝流行说书讲故事，内容大致可分为六种，包括讲历史、佛教故事、神怪、爱情故事、公案（侦探故事），还有一种就是武侠故事，都很受欢迎。

总括来说，中国武侠小说有三个传统：一、诗歌；二、唐人小说；三、宋人话本。唐朝读书人考进士，事先要做些宣传公关工作，希望考试官先有点好印象。枯燥的诗文不能引起兴趣，于是往往写了传奇小说进呈考试官，文辞华丽，有诗有文，而故事性丰富。当时传奇的作用大致在此，因此唐人传奇是"雅"的文学。

宋人话本则是平民的，街头巷尾说书的场合讲的故事，有人记录下来，是"俗"的文学。唐人传奇是文人雅士的作品，文字很美，而宋人话本是平民作品，文字不考究，但故事讲得生动活泼。

后来发展至明代四大小说，《三国演义》讲历史，《西游记》讲神怪，《金瓶梅》讲社会人情（到清朝更发展为重视爱情的《红楼梦》),《水浒传》就是武侠故事了。这个传统曾有中断,鲁迅先生讲中国小说历史时曾说:侠义小说到清代又兴旺起来了,"接宋朝话本正统血脉",平民文学历七百年又兴旺起来。

中国武侠小说历史很长,在中国文学中有长期传统。

中外武侠故事的异同

武侠故事也不是中国才有,在外国也有,当然表现方式不同。最早有武侠意味的是希腊的史诗,与我们的武侠小说有很多相通的地方(金庸先生接着讲了一些西方文学中武侠故事的梗概,讲到希腊史诗《伊里亚特》中英雄阿喀琉斯拒绝出战,好友被杀,为友复仇而与对方大英雄赫克托环城大战;《奥德赛》中英雄尤里赛斯漫游后归家,力歼滋扰他妻子的众多敌人;讲到英语中最早史诗《布奥华特》中主角协助丹麦国王而与毒龙母子海陆大战的精彩描写等等)。东西方讲故事手法都很紧凑,很好看，但结局就有很大不同。莎士比亚的《罗密欧与朱丽叶》是悲剧收场，但中国写这些故事，纵然家族有仇，最后男女青年恋爱结婚，家族仇怨化解。例如近代一部著名武侠小说《十二金钱镖》就是这样。中国的武侠故事主要以散文来讲述，西方则用诗歌形式，如法国的《罗兰之歌》。西方直到后期才用散文（金庸接着讲到英国的《亚瑟王之死》，西班牙的《西特》，以及更后期的法国的大仲马、梅里美，英国的史各特、金斯莱、李登·布华、史蒂文孙等等）。

武侠故事是所有民族都有的，东西方文明传统都有，不过因民族性不同，其主旨也不同。西方的骑士为统治者服务，对皇帝、教会和主人忠心。而中国的这一类作品，代表一种反叛的平民思想，跟当时的政府对抗。后来中国武侠小说也分支了，有一种为政府服务，也有一种是反抗政府的。但中国武侠小说基本思想都不是反对皇帝和政府的，例如《水浒传》就反对贪官污吏、反对为非作歹的官僚，而不是反对法律和反对政府的正统管治。中国人其实一般是尊重法律制度的。贪官污吏、土豪恶霸欺压良民，侠士认为连"王法都没有了"，就要挺身而出，打抱不平。

中国传统文化与小说创作

为什么现在的武侠小说相当受欢迎，这里很多同学老师都看武侠小说。很多年轻女读者不见得对武打感兴趣。有时在外国，有人介绍这位查先生是写中国"功夫小说"的，我就不大喜欢。我这些小说主要不是讲功夫的，而是有其他内容在内。不过外国人不太懂。中国人就会了解，打斗不是武侠小说的根本重要部分，中国过去称之为"侠义小说"。孟子所说的"义"，是指正当合理的行为。"侠义小说"的"义"，强调团结和谐的关系，这也是中国固有的道德观念。

中国的传统小说最近一段时期日渐式微，很少人用中国传统古典方式写小说，现在的小说大多数是欧化的形式。我曾在英国爱丁堡大学演讲，其中一个主题就是，中国古典传统小说至近代差不多没有了。近代有些小说写得很好，内容和表现方式都非常好，但实际与中国传统小说不同。不是说西方形式不好，但我们至少也应保留一部分中国的传统风格。我将来希望与北大中国传统文化研究中心多发生些关系。我觉得中国传统文化有很优秀的部分，不能由它就此消失。我们可以学习吸收外国好的东西，但不可以全部欧化（金庸接着讲述中国当代的戏剧、绘画、音乐、舞蹈、建筑、雕塑中如何仍保持明显的民族风格，而小说则与传统形式有重大距离）。

我想，武侠小说比较能受人欢喜，不因为打斗、情节曲折离奇，而主要是因为中国传统形式。同时也表达了中国文化、中国社会、中国人的思想情感、人情风俗、道德与是非观念。

我们在小说形式上是否可作探讨，在欧化的小说形式作为目前的主流以外，另一个分支，除武侠小说外，也可以用传统方式写爱情故事、写现实的故事。事实上过去有些创作也很成功，像赵树理的《李有才板话》，像老舍、沈从文、曹禺作品的文字和对话。像《新儿女英雄传》。当代有些小说也有中国传统形式和内容，都很受读者欢迎。

我的小说翻译成东方文字，如朝鲜文、马来文、越南文或泰文都相当受欢迎，但翻成西方文字就不是很成功，因为西方人不易了解东方人的思想、情感、生活。

在目前东西方两个文化内容还不是可以完全调和之下，希望我们中国人继承和发展自己的文化艺术传统，同时也不排斥西方文化艺术中的优良部分。（众热烈鼓掌）

答北大同学问

问：您作品中的主人公都重义气，您是否认为生活中义气最重要？

答：道德观念，包括为人处事是多方面的，"义"是其中的一部分。所谓义，孟子说是合理的、适宜之意。侠义小说特别强调义，因为江湖上流浪的人没有家庭支持，经济上没有固定的生活来源，所谓"在家靠父母，出门靠朋友"，主要的支持就是朋友。对付其他集团的欺压、对付政府的贪官污吏的压迫，就是要团结一批朋友来反抗。要团结人，一定要注重义，互相扶持，为一个共同目标努力，甚至牺牲性命。所以在侠义小说中，"义"被提高到很重的地位。在中国传统道德中，"义"也一直是很重要的，这也是我们中华民族所以能够不断壮大发展的重要力量。

问：您作品中的主人公常受到很多女性的倾心爱慕，请问您对爱情专一问题有何看法？（众笑）

答：相信这问题是很多青年朋友关心的。我的小说描写的是古代社会，古代没规定要一夫一妻，所以韦小宝有七个老婆。（众笑）有些年轻女读者、甚至我的太太就不大喜欢《鹿鼎记》。但其实清代康熙时一个大官有六七个老婆一点不稀奇嘛！假如只有一个老婆反而不现实。现在武侠小说有很多现代思想加进去，所以，我的小说中，除了韦小宝以外，每个英雄都只有一个太太。（众笑，鼓掌）就像杨过，很多女孩子喜欢他，但他仍是专心不二的，这是一种理想，是否做得到不知道，总之觉得应该这样。就像《笑傲江湖》，我写令狐冲本来很喜欢小师妹，但他的小师妹不喜欢他，

这有什么办法，小师妹嫁人了，后来死了，他才跟另外一个女子结婚。我希望，也很鼓励别人从一而终。（众鼓掌）

问：司马迁歌颂的侠士，在后世小说《七侠五义》中为什么变成政府的打手？

答：我也同意。每个时代有变迁，假如侠客成为政府的打手就不是"侠"了。侠士应当主持正义，帮助不幸的人。不过这些小说也力求自圆其说，做政府打手也常有主持正义的，如《七侠五义》、《施公案》、《彭公案》，反对土豪恶霸、贪官污吏，也是正义，但另一部分则未必。

问：《神雕侠侣》主人公的命运安排是否刻意追求的悲剧，您怎样看小说的悲剧？

答：我写小说是在报上连载，每天写一段一千字，翌日发表，甚至到外国旅行也要写好寄回来。开始时只写大致几个人物，然后慢慢发展，根据人物个性自然发展，有些是喜剧收场，有些是悲剧收场，其中还是大团圆结局较多。悲剧并非故意安排，而是个性发展的结果。

问：日月神教教主这个人物怎样构思的，是否有生活原型？

（众笑，鼓掌）

答：坦白说，因为写这部小说时内地正在"文化大革命"，我个人很反对"文革"的个人崇拜，很反对用暴力迫害正派人。那时我在香港办报，报纸的报道和评论，都是反对当时"四人帮"的统治思想和无聊的个人崇拜。那时我每天要写一段社评和一段小说，写时不知不觉受影响。（众鼓掌）

问：您笔下的英雄是否有自己的心声在其中？

答：我书中的英雄有很多不同类型，自己不可能化身那么多，只希望尽量写不同的人，不要重复；不过若说下笔时完全放开自己的个性与想法也是不可能的，不知不觉间可能反映一部分。并非说我自己有那么好，只是一种希望的寄托。比如对郭靖、乔峰的为人很佩服；令狐冲很潇洒，段誉很随和，我自己做不到，但想能够这样就好了，把理想反映在书中。

问：小说中写的民族心理与文化是否有关？

答：前天我在这里讲了一点我对中国历史的看法。我认为对历史上的"异族统治"应当换一种看法。汉族和其他少数民族都是中华民族的一部分。汉族是多数派,大多数时候主持中央政府,统治少数派。有时多数派腐化了,少数派起来执政,并非中国就此"沦亡"。只能说中华民族许多民族掉换"坐庄",过几百年换一个民族来主持大局,最后几个民族融化在一起。这个想法我早就有,所以在我的第一部小说《书剑恩仇录》中,陈家洛的两个爱人都是回族。最后一部《鹿鼎记》,韦小宝到底是什么族人也不知道,(众笑)他的妈妈交往的男人很多,汉、满、蒙、回、藏都有。此外中间有几部小说,如《白马啸西风》,汉族女子爱上哈萨克族男人。《天龙八部》的主角乔峰是契丹人,爱他的少女是汉人。我觉得民族关系无论在历史或小说中,都应是各民族团结融合的。

问:您为什么不再写武侠小说了?

答:什么事情总有个终点,不能老写下去。武侠小说我已写够了,想要表达的已差不多了。至于是否写历史小说,现在很难说,如果精力够,写一部也很好。

问：内地有许多冒名的金庸小说？

答：社会上有人冒名用金庸的名字出版小说，这个我是没办法了。（众笑）有一位叫"全庸"，（众笑）还有一位叫"金庸巨"，后面加一个"作"字，连起来就是"金庸巨作"，（众大笑）这位先生很聪明。直到三联书店经我正式授权，几年前天津百花文艺出版社为我出版过一套《书剑恩仇录》，那是正式授权而付版税的，此外市面上所有都是翻版。我也不是很生气，能多一些内地读者看到，我也高兴的，当然我收不到版税就不是很高兴。

问：武侠小说前景怎样？

答：这个现在很难说。香港和台湾本来很多人写，现在几乎没有什么人写了。将来希望内地一些好的作家愿意花时间写武侠小说，将来有好的作品。但武侠小说要有历史背景，如果有些年轻人对中国古代社会生活不熟悉，写起来会比较困难。

问：《雪山飞狐》最后结果怎样？

答：这个我就不能讲了！（众笑）要请各位自己想象，写出解答来就不好了。有个读者写信给我说，他为了这个问题常失眠睡不着，（众笑）我想对不起了，不过这也可使他印象比较深刻一点。（众笑）

问：您最喜欢自己哪一部作品？

答：真的说不出最喜欢哪一部。写的时候都很投入，写好之后好像自己的儿女一样，有的水平好一点，有的水平差一点，实际上分不出对哪部特别喜欢。我想各位同学看了很多小说，每人最喜欢的也有不同。那比较好，所谓萝卜白菜各有所爱，如果所有女同学都喜欢同一个男人，那就糟糕了。（众笑）

问：《笑傲江湖》要表达的意图是什么？

答：《笑傲江湖》是想表达一种冲淡、不太注重争权夺利的人生观，对权力斗争有点厌恶的想法。中国自古以来的知识分子士大夫大都有这种想法，结果多数未必做得到。大家努力考试做官，想升官发财，但作诗写文章时总会表达一种冲淡的意境，说要做隐士，这也是中国文化传统的一种。要放弃名利权力是很难的事，《笑傲江湖》表达这种传统思想。

问：您小说中有些怪人像嵇康、阮籍那样，是否受魏晋风流影响？

答：我想是有影响的。魏晋风流受道家、佛家影响。武侠小说常描写很飘逸、不守常规的人。武侠小说喜欢写这些人物。

问：北师大（北京师范大学）有几位教授学者在评论当代文学作品中把您的名字排名很高。您有什么看法？

答：我见到报上的消息，第一个反应是："无论如何不敢当，这几位先生太抬举我了。"觉得不可以这样排。他们也可能从另一种角度，从读者人数比较多来考虑。另一方面，我是当代人，比较了解当代人的心理，有些很出名的小说家已过世，作品虽好，受时代影响，现在看的人比较少。我并不妄自菲薄，轻视武侠小说，但也从来不敢骄傲。对前辈和同时代的作家，我一向都是很尊重的。再者，北师大这几位先生可能也不是真的"排名"，只不过顺便列举。对于艺术的评价，向来总是有主观和个人喜爱的成分。

问：《侠客行》的主人公完全没有知识，但能领悟绝顶武功，他不识字，天性很蠢，无欲无求，我们在这里念书念得再用功又怎么样？（众笑）

答：不要紧张，你又不学武，学文学的就要用功念书了。（众笑）我写《侠客行》，是佛教思想中有一种想法：世俗的学问对领悟最高境界可能有妨碍。中国禅宗参禅的目的就是力图摆脱现成的观念，尤其是逻辑和名词的观念。佛家理论说，摒逐世俗的观念，有可能领悟更高一层绝对的观念。当然，我们追求实际的社会知识学问，跟《侠客行》完全不同。假如你不识字，北大绝对不会收你了。（众笑）

问：会再写新的武侠小说吗？

答：新的武侠小说我不想写了，或会想写历史小说。我刚正式从报纸退休，有两条路，一是在大学里混混，（众笑）我很喜欢和年轻人交朋友，大家聊聊天，像今天这样的情况当然很高兴。我年纪不小了，但仍觉得增加知识是最愉快的事情，如果能在高等学府里多耽些时候也很好。第二条路是再写一两部小说。写小说很辛苦，但我对历史有些看法，也想表达出来，如能安静下来写一两部历史小说也是可能的。

问：乔峰只能是悲剧？

答：这是没办法的，天生的。他一开始生为契丹人（契丹是当时中国北方很大的国家，很多外国人不知中国，就只知道契丹。香港的"国泰航空公司"Cathay 就是契丹，就是"契丹航空公司"），那时契丹与汉人的斗争很激烈，宋国与辽国生死之战，民族之间的矛盾冲突这样厉害，他不死是很难的，不死就没有更加好的结局了。

近代小说写悲剧是从人性自然发展出来。西方的希腊悲剧则是人与天神发生关系，发生悲剧因为天神注定如此，与现代观念不同。

问：听说《天龙八部》有部分是倪匡先生代写的？

答：因为当时我要出门旅行一个多月，我请好友倪匡先生代笔，写一个单独的故事，当时说明我将来出书时要删掉的，他也同意，所以报上连载时有一段是他写的。印成书时，就没有他代写的那部分了。

问：您小说中的人物是否理想人物的塑造？

答：有部分主角是理想的，但有一部分就不是理想，而是比较现实的。例如写韦小宝，不是作为人生的理想或中国人的理想，（众笑）而是写出中国人社会中有这样的一种典型，尤其是在清朝，那时社会制度不很合理的时候，一个人要飞黄腾达，就要有韦小宝作风。

中国人移民海外，大多数人有不同的困难，后来安身立业，发展事业。像韦小宝这种中国人到海外去，有很多，并不一定道德很高尚，但爱交朋友，适应环境的能力就很强。（众鼓掌）

问：您认为林平之（《笑傲江湖》中一角）性格如何？

答：林平之的仇恨心很强，从小因别人杀了他全家，按中国武侠小说的规范，他要报仇也是应该的。但把整个人生全部集中在仇恨中，我觉得不值得。这不是中国人的一般性格。中国人在适当的时候可以化解仇恨。

问：您对古龙、柳残阳的小说的看法怎样？

答：古龙的小说没有明确的历史背景，他用一种欧化的、现代人的想法来表达一种武侠世界，另走一条路，他的小说有几部也写得很好。柳残阳的小说比较简单，打得很激烈，看起来很过瘾，但不免太单调了。古龙的小说较有深度，范围比较广，想法很新。他是我相当熟的朋友，现已过世。他的个性中有一个缺点是不太能坚持，大部分小说写了一半，就不写了，由别人代写，所以水准不齐，假如是他自己写完了的，当然水准高得多。

问：您的作品有否真实的事迹作为蓝本？

答：除了正式的历史事实外，小说的故事全部是虚构，没有以哪件真事为蓝本。《连城诀》有一点真实内容，但只是很小部分。

问：您的作品拍成很多电影或电视连续剧，您对作品被改编的看法？

答：假如编导先生觉得小说故事太长了，删改没问题，但希望不要加进很多东西。（众笑）只要不加我就满足了。

问：《天龙八部》的思想主题是什么？

答：《天龙八部》部分表达了佛家的哲学思想，就是人生大多数是不幸的。佛家对人生比较悲观，人生都要受苦，不管活得怎样好，最后总要死，当然没办法。佛家思想对人生真谛有深刻的理解。

《天龙八部》表达一部分佛家思想：人生有很多痛苦，无可避免，但从另一角度看，遇到悲伤时要能平心静气地化解。对于世上的名利权力不要太过执著，对于人世间的种种不幸要持一种同情、慈悲、与人为善的态度。佛家哲学的精义不是悲观消极，而是要勉为好人，尽量减少不太好的欲望。

问：您的小说搬上银幕后表现方式大大不同？

答：我也觉得不太满意。不过拍电影、电视也很难，恐怕所有改编小说都会遇到这样的困难。我只希望他们改得比较少一点就是了。

问：中国小说和文笔的关系怎样？

答：中国有许多作家文字精练，如老舍先生、沈从文先生。但现代有些作家不很注重文字，好多人的文笔有点公式化，都差不多，看不出风格，写作方式很欧化，结构是西方文法，没有中国传统的写作方式。我认为中国的传统文体、美的文字，一定要保留发展。有些作品我们看了一遍又一遍，如《红楼梦》、《水浒传》，并非看故事，而是看文章，与作品文字好不好有关。假如写小说只讲故事、讲思想、讲主题，而文字不美，假如中国精练独特的优美文笔风格渐渐不为人重视了，那是很可惜的。当然我绝不是说我的文笔好，而是说希望努力从中国的文学宝库中吸取营养。

问：你对王朔的作品看法如何？

答：王朔先生的文字口语化，语句俏皮，是中国式的，读起来兴味很高。并非我都同意他的意见，而是说他表达的方式能受人欢迎。陈忠实先生的《白鹿原》，邓友梅先生的《烟壶》，最近还有一部《最后一个匈奴》，以及《曾国藩》、《李鸿章》等历史小说，表达方式都相当中国化，读者容易接受。

问：《笑傲江湖》的时代背景是否明朝正德至崇祯年间？

答：大致是明朝吧，没有具体时代背景。因为我想这种权力斗争、奸诈狡猾，互相争夺权位的事情，在每个朝代都会发生。如果有特定的时代背景，反而没有普遍性了。这位同学估计是在明朝正德至崇祯年间，我想他很有历史知识，大致差不多。

问：您最偏爱哪一个女性？

答：我尽可能写各种各样人物，有些女性很坏的也写，像《天龙八部》的马夫人。（众笑）有些女性很会下毒，那肯定很危险的，（众笑）也有会下毒而人很好的，像《飞狐外传》的程灵素。至于问我喜欢哪个？真的很难说，我看每人喜欢的也不同。我希望把这些女性写得可爱些，你看了会觉得有这样一个女朋友挺不错、挺幸福。（众鼓掌）

问：武侠小说可否不以封建社会为背景？

答：我想可以的，以现代为背景。"侠"主要是愿意牺牲自己、帮助别人，这是侠的行为。侠不一定是武侠，文人也有侠气的。李白《侠客行》写的都是不会武功的，但有侠气，所以其他社会背景也可以写侠，也可以另走一条路。有这种品格的人，不一定会武功的，而且在现代，武功也没什么用了。

问：《天龙八部》的三个主人公段誉、乔峰、虚竹的性格有何不同？

答：他们代表不同个性。段誉虽然是大理人，不算是汉人，但也有中国文化传统，人很温和文雅，脾气很好，很容易交朋友；乔峰有阳刚的一面，都是中国文化传统中很好的品格。虚竹是出家人，个性与汉族文化有点距离，很固执，宗教思想很浓。

问：请谈一下小说中的一夫多妻制，一夫一妻制。

答：一夫多妻制是历史性的，所有民族都是从一夫多妻制演化过来的。更早的母系社会是一妻多夫，慢慢再一步步发展。我们写武侠小说写古代社会，但尽可能写爱情专一，相信读者也希望看到爱情专一的故事。中国古代文学中也有写爱情专一而十分感人的作品，如诗歌《华山畿》、《孔雀东南飞》等等。

问：您小说中有很多的中国历史知识，哪里得来的？（笑）

答：我没有能在北大历史系念书很有点遗憾。不过我一向喜欢读历史书，慢慢地学到一些历史知识。

问：武侠小说在您生命中的比重大不大？

答：实际上最初比重不大，我主要的工作是办报纸，但是现在比重愈来愈大。现在报纸不办了，但是小说读者好像愈来愈多，在大陆、香港、台湾和欧美的中国人当中，小说读者都很多，这是无心插柳了。我本来写小说是为报纸服务，希望报纸成功。现在报纸的事业好像容易过去，而小说的影响时间比较长，很高兴有这样的一个成果。（听众长时间鼓掌）

演讲会由北京大学副校长郝斌教授主持。萧蔚云教授首先介绍查良镛先生的生平，特别强调他对起草香港《基本法》的贡献，并诵读及解释查先生在本刊发表的一首诗，语句充满感情。查先生预定的演讲时间已过，而台下同学仍纷纷提问，郝副校长只得宣布演讲会结束，希望"查教授"以后时时到北大来和同学聚会。